CHRONIQUE DE LA DÉRIVE DOUCE

DANY LAFERRIÈRE
de l'Académie française

Chronique de la dérive douce

ROMAN

GRASSET

Bruit frais des ailes
de la cigale
qui se déplace sur sa branche.

HOKUSHI

*À celui qui vient d'arriver
dans une nouvelle ville*

Je quitte une dictature
tropicale en folie
encore vaguement puceau
quand j'arrive à Montréal
en plein été 76.

Je regarde le ciel
en pensant qu'il y a
quelques minutes
j'étais là-haut
parmi les étoiles.
La première fois.

Sur tous les écrans de l'aéroport
et même du monde
la petite gymnaste,
aux grands yeux noirs effrayés
et aux longs bras si frêles,
qui danse, vole,
et n'ouvre
les yeux et les bras
qu'au moment

où ses pieds
touchent le sol.

Du premier mouvement
jusqu'au moment
où elle s'arrête
d'un geste net et précis.
Le corps arqué.
Nadia Comaneci dort.
Voilà l'explication de
sa note parfaite – 10,
la première de l'histoire
des jeux Olympiques.

Un couple en train de s'embrasser.
Un baiser interminable.
La fille est en minijupe rouge.
Je ralentis le pas.

Le couple se défait.
La fille regarde marcher
le jeune homme
un long moment
jusqu'à ce qu'il se perde
dans la foule des voyageurs.
Tête baissée, elle retourne
alors à sa voiture.

On traverse un quartier
très animé quand cet homme
avec un masque de renard

s'est mis à tambouriner
sur le capot du taxi,
pour ensuite s'allonger
sur le pare-brise.
Le chauffeur ne parvient plus
à voir la route.
Le renard a sauté par terre
quand la voiture a tourné
dans cette rue calme et ombragée.

Sur un balcon fleuri, quelques fêtards
en train de converser et de boire.
Des gens s'embrassent en pleine rue
sans se soucier des voitures qui
slaloment entre les couples.

Le chauffeur de taxi ouvre la radio.
Une voix haut perchée
annonce la présence en ville
de rock-stars, de mannequins,
et autres dieux du stade.
Il éteint le poste en murmurant :
« C'est Babylone. »

Un homme complètement nu
courant sur le trottoir.
Les policiers font semblant
de ne rien voir.
La foule applaudit.
« Sodome » dit le chauffeur.

J'avais remarqué
une Bible verte
sur le siège avant.
On s'éloigne de la fête
en roulant vers
le nord.
Je ferme les yeux
un bref instant
pour être avec moi-même.

Des adolescents jouant au hockey
dans le parking
violemment éclairé
d'un supermarché.
Un homme à sa fenêtre,
avec un gros ventre blanc
et des bras velus,
gueule son besoin de sommeil.

C'est toujours ainsi en été,
me glisse le chauffeur,
quand le jour refuse
de céder
le pas à la nuit.

Au moment de payer, le chauffeur
m'a dit de garder mon argent,
que je le paierai la prochaine
fois qu'on se croisera. Malgré
cette Bible qu'il caresse souvent
de sa paume calleuse, je crois

reconnaître Legba, le seul dieu
du panthéon vaudou autorisé à
m'ouvrir la barrière qui débouche
sur un monde nouveau.

Le concierge me précède
dans l'escalier sombre
qui sent la pisse et le détergent.
Il ouvre la porte et me donne la clé
avant de redescendre.
J'écoute ses pas lourds
jusqu'au dernier bruit sourd.

Debout au milieu de la chambre.
La valise à mes pieds.
Ce silence me dit
que j'étais enfin arrivé
à destination.

Un lit étroit
sous la fenêtre
où je m'étends
tout habillé.
Un réfrigérateur qui tressaute
à intervalle régulier.
Le sommeil finit
par m'emporter
sous l'œil rond
de la lune.

Je me réveille
incapable de respirer
au milieu de la nuit.
Dans ce rêve, où je me
sens un intrus,
un homme au rire sardonique
m'oblige à avaler un verre
rempli de terre ocre.

La pluie est arrivée
juste avant l'aube
et mon angoisse
s'est envolée à tire d'aile
vers le ciel si neuf
d'un pays inconnu.

La ville colorée que j'ai
traversée
la nuit dernière
ne ressemble pas du tout
à celle que je découvre
en ce matin gris.

Qui sont tous ces gens
qui attendent en silence
l'autobus au coin de la rue ?
Le jeune homme à barbichette
derrière moi me souffle
que c'est la classe ouvrière.
On m'en a tellement parlé
que je suis tout étonné
de la voir de si près.

Quand j'étais petit,
je croyais que
chaque pays avait
ses propres couleurs.
Que le ciel ailleurs
était jaune,
la mer rouge
et les arbres mauves.

Je ne suis pas déçu
mais perplexe du fait
qu'on soit obligé
de se lever si tôt
pour simplement
gagner sa vie.
Je pensais que la
pauvreté était une
des conséquences
de la dictature, et
qu'ici on était passé à
une autre étape.

Le jeune homme à barbichette
me glisse dans la main
le petit livre rouge de Mao.
Sans même me retourner, je
lui ai fait comprendre qu'il
me faut un peu de temps pour
souffler, et voir ce qui se passe
autour de moi.

En moins de vingt-quatre heures,
j'ai été réclamé par deux religions
et un demi-dieu : la Bible, Legba
et là, Mao. Pour le moment, je ne
pense qu'à un meilleur endroit pour dormir
et un repas chaud.

D'une certaine façon, ce pays
ressemble au mien. Il y a
des gens, des arbres, un ciel,
de la musique, des filles,
de l'alcool, mais quelque part,
j'ai le sentiment que c'est
totalement différent sur des
points très précis : l'amour, la
mort, la maladie, la colère, la
solitude, le rêve ou la jouissance.
Mais tout ça n'est qu'une intuition.

Je ne suis pas un
touriste de passage
qui vient voir comment
va le monde,
comment vont les autres
et ce qu'ils font
sur la planète.
Je suis ici pour rester,
que j'aime ça ou pas.

La ville est jolie, et les filles sont belles
— on dirait une chanson d'été.
Les choses semblent bien aller,

mais pour combien
de temps encore ?
En attendant de
connaître mon sort,
je navigue à vue.

Je me dirige vers l'ouest
jusqu'à franchir la rue au double nom.
Rue Saint-Laurent/Saint-Lawrence Street.
La ville coupée en deux langues
si proches qu'elles s'opposent
comme un baiser interrompu.
Pire que le mur, c'est son absence.

Anglais et Français se croisent
sans se voir dans cette métropole
où un chat doit savoir japper
s'il veut survivre.
D'un côté de la ville,
l'ancien maître.
De l'autre côté,
l'ancien porteur d'eau.
Plus bas,
le nouvel immigré.

Je suis assis
sur un banc du parc
avec les pigeons
autour de ma tête
et le petit lac
au bout de mes chaussures.

Combien de temps faut-il
pour oublier mes amis laissés
à Port-au-Prince ?
Il me suffit de fermer les yeux
pour me croire encore là-bas.
Le bruit des voitures est partout
le même.

Le petit canard est
revenu près du lac
chercher sa mère.
Il est intrigué par
son reflet
qu'il voit dans l'eau.
Sa peine n'a duré
qu'un bref instant.

Je constate, en souriant, que
personne ne sait où je suis
en ce moment.
Je n'ai pas encore d'amis.
Ni de domicile fixe.
Ma vie est entre mes mains.

Cette fille se promène
dans le parc.
Les seins nus.
Avec un bull-terrier.
On n'ose même pas
la regarder
du coin de l'œil.

Je marche toute la nuit
dans la nouvelle cité.
Je ne connais pas encore
les quartiers
qu'on ne doit pas traverser
ni les filles qu'il est dangereux
d'aborder.
Dans un mois j'aurai perdu
cette innocence.

S'il y a une chose nouvelle
c'est cette odeur de propreté.
Le résultat de six mois d'hiver
où tout est recouvert d'une
bonne couche de neige fraîche.

Je ne serai pas d'ici tant
que je n'aurai pas connu
les quatre saisons. Ce
passé, que j'ignore, est
si récent qu'il talonne
encore le présent.
Et se mêle parfois à la
conversation. Quand
cela arrive, je retrouve
instantanément ma
condition d'étranger.

Je ne peux pas dire
depuis combien de jours
je suis ici

ni pour combien de temps
je serai encore ici.
Je ne sais plus rien de ma vie.

50 Crémazie, c'est le nom du bar.
Un bar minable, rue Crémazie,
au numéro 50.
C'est plein d'immigrés
le samedi soir.
Il y a aussi des filles.
La plus jeune doit bien
avoir soixante-cinq ans.

Le type qui m'a amené
dans cette boîte
me dit de patienter un peu,
que les femmes vont arriver
d'un moment à l'autre.
Les voilà !
Elles font bien cent trente-six ans
à elles deux.
J'en ai près de vingt-trois.

Le corps est peut-être
plus vieux qu'avant.
La peau, plus ridée
les os, plus secs.
La voix n'a pas changé.
On n'a qu'à fermer
les yeux
pour être avec des filles
de seize ans.

L'une des deux femmes m'a offert un verre.

— Je ne bois pas, madame.

— Appelle-moi Armande, veux-tu ? C'est la première fois que je te vois ici.

— Je suis arrivé depuis une semaine.

— Oh, comme c'est joli ! Écoute, Lise, il est à Montréal depuis une semaine. On ne t'a pas encore fait visiter la ville, je suppose ? Je m'en charge. Mais Lise, plus rapide, se colle déjà contre moi sur la piste de danse.

Je laisse passer
un moment
avant de partir.
Pas parce qu'elles
sont vieilles.
À cause de leurs yeux.
Un regard froid.

Je mange une pizza
sur la rue Mont-Royal.
Un journal sur le comptoir.
J'aime lire en mangeant.
C'est le cinquième verre
d'eau que je demande à
la serveuse. Cette fois,
je remarque qu'elle n'a
pas souri comme les fois
précédentes.

Je rencontre par hasard
dans la rue Sainte-Catherine
un ami que je n'ai pas vu
depuis longtemps.
Il m'emmène chez lui.
Je dors sur le divan.
Le lendemain sa femme
me fait la gueule.
Je pars après le café.

Le soleil me frappe de plein fouet.
Pendant quelques secondes,
j'ai cru que j'étais à Port-au-Prince.
Les voix des gens massés
le long de la rue Sherbrooke,
encourageant les coureurs
du marathon, me parviennent
comme un chant créole.

Je viens de voir à la
terrasse d'un café
une
longue
jeune fille
brune
éteindre sa cigarette
mentholée dans une
salade niçoise à peine
entamée.
Était-ce un geste
purement esthétique,

comme le fait de
croiser les jambes ?

Je me demande ce qui me ferait
le plus plaisir à l'instant.
Un sourire
de la jolie brune
qui semble attendre quelqu'un
ou un steak saignant ?
Je dois reconnaître que j'ai plus
besoin de viande, ces jours-ci,
que de tout autre chose.

Ce type me signale qu'il y a
un policier au coin de la rue.
— Pourquoi tu me dis ça ?
— Écoute, l'ami, t'es noir,
t'es pauvre, et t'as pas
l'air d'être un délateur.

Si tu passes, le soir,
très tard,
dans le quartier chinois,
tu pourras trouver à manger
dans les ruelles.
Derrière les restaurants.
Les chiens sont aussi
de la partie.

Je n'ose pas penser
à ma vie d'avant,

ma vie d'il y a deux
ou trois semaines.

Trois choses comptent aujourd'hui.
Apprendre.
Manger.
Dormir.
Dormir est la plus précieuse.

Je dormais sur un banc de la gare.
Juste comme un policier arrivait,
quelqu'un m'a glissé : « Dis que
tu attends l'autocar qui va à New
York. » Je l'ai fait mais le policier
ne m'a pas cru. Je n'ai pas ce qu'il
faut pour partir.

J'ai appris, depuis mon arrivée,
une chose.
Une seule chose.
Tu peux hurler tant que tu veux,
personne ne t'entendra.
Donc, ce n'est pas comme ça
qu'il faut s'y prendre, Vieux.

Une pluie si forte que me
voilà déjà trempé. Je cours
m'abriter sous le porche
de cette maison en brique
rouge, couverte de lierre.
La pluie garde son rythme
infernal pendant que je me

tiens dos au mur comme si
on allait me mitrailler.

Un rideau bouge.
Je me retourne
pour découvrir
ces gens
qui m'observent
derrière la vitre.

Le soleil est revenu
plus éclatant.
Des branches d'arbre
sur les toits des voitures.
Je finis par enlever
mes chaussures imbibées d'eau
qui font ce bruit irritant.

Je marche pieds nus
jusqu'à ce que
mes vêtements
redeviennent secs.
Voilà une chose que
j'ai déjà apprise dans
mon enfance.

Je dors depuis quelques jours
dans la petite chambre
bien ordonnée d'un ami
dans le riche quartier boisé
d'Outremont et quand
je donne mon adresse

quelque part les gens
se retournent pour me
regarder une deuxième fois.

J'ai quitté l'appartement
de cet ami
parce qu'il ne cessait
de ramener
toujours sur le tapis
le fait,
douloureux pour lui,
que ça faisait plus
de quinze ans
qu'il n'était pas retourné
au pays.

Je passe devant ce magasin.
Tard le soir.
Tout est fermé.
La télé encore allumée.
Aucun son.
On passe *Casablanca*.
Je reste à regarder le film.
Je reviens le lendemain.
La vitrine est cassée.
Plus de télé.

Je tourne au coin
de la rue.
Juste devant l'église,
quelques vieux assis
au soleil.

Des lézards qui se croient
encore dans ce village
du sud de l'Italie.

Quelquefois, j'ai comme
l'impression
d'avoir entendu mon nom.
Je me retourne.
Des gens que je ne connais pas
me regardent
comme si j'étais un mur
lisse.

Un homme marche
en parlant tout seul.
Je le suis.
Il m'amène à la
soupe populaire.
Mon instinct ne
m'a pas trompé.

On m'a reçu avec un bol
de soupe chaude
et une paire de chaussures
qui me vont presque.
Je chausse du 12.
C'est toujours difficile
de me trouver quelque chose.

Je suis passé prendre une douche
et me changer chez cet ami qui a
accepté de garder ma valise.

« Je ne peux pas faire plus pour
toi, Vieux, à cause de ma femme,
tu sais… Je ne comprends pas
pourquoi elle t'a pris ainsi en grippe. »
La dernière fois, sa femme m'avait
reçu en robe de chambre avec
des yeux de nuit, et j'avais fait
semblant de ne pas comprendre.

Je suis allé ce matin au bureau de dépannage
des immigrés sur la rue Sherbrooke. Le type qui
s'occupe de mon dossier m'a dit que si j'acceptais de
déclarer que je suis un exilé, et non un voyageur comme
je m'obstine à le répéter, il pourra me donner soixante
dollars au lieu des vingt qu'il distribue aux simples
immigrés. Je n'ai pas été exilé, j'ai fui avant d'être tué.

On ment en Haïti pour
survivre, et ça je peux
le comprendre, mais
qu'on ne nous demande
pas de mentir ici aussi.
À peine sur le trottoir,
j'ouvre l'enveloppe pour
trouver cent vingt dollars.
Juste assez pour me louer
une chambre
dans ce quartier ouvrier.

La pire des choses qui
puisse vous arriver en

emménageant dans un
nouvel appartement,
c'est de trouver un
réfrigérateur débranché
et une bière dedans.

J'entre dans le premier café
et m'installe au comptoir
pour dévorer un hamburger
avec frites et coke tout en
observant cette fille dans
le miroir.

Elle a relevé la tête
de son tartare de saumon
et nos regards
se sont croisés.
Il y avait assez
d'intensité
dans cette seconde
pour que je me retrouve
à sa table
la minute d'après.

On a partagé une bouteille
de vin rouge, et je l'ai invitée
dans ma chambre.
Elle a insisté pour que je
vienne plutôt chez elle,
sur la rue Saint-Dominique.

La différence entre Port-au-Prince
et Montréal c'est l'espace.
À Port-au-Prince quand une fille
rencontre un gars
le problème c'est de se trouver
un endroit pour être à l'abri
du million de paires d'yeux
qui ne vous lâchent pas
une seconde.
À Montréal, les deux partenaires
ont chacun leur propre
clé.

C'est une minuscule chambre
avec des poupées partout.
Elle a poussé la table contre
le mur pour danser sur une
chanson de Gainsbourg.
Son corps est bien proportionné,
mais elle est si petite
que j'ai eu peur de la toucher.
C'est dans l'escalier
que m'est venue l'impression
d'avoir fait une bêtise.

J'ai marché plus de deux heures
vers le sud
sans rencontrer un seul Noir.
C'est une ville nordique, Vieux.

Un homme cherche une adresse. Je viens tout
juste de passer devant. C'est pas loin d'ici, dans

cette direction. Il me remercie et s'en va. Je continue
vers le pont sans savoir vraiment où je vais. J'ai pu
capter certaines choses mais j'en ignore tant d'autres.
Et je n'arrive pas toujours à distinguer ce que
je sais de ce que je ne sais pas. Je sens ces milliers
d'informations, comme de petites aiguilles, qui
me pénètrent le corps sans passer par mon cerveau.

Ça m'arrive
de plus en plus souvent.
Brusquement,
je ne sais plus où je suis.
Je vois un pont,
mais un autre pont
se superpose au premier.
Quelqu'un m'adresse la parole,
comme tout à l'heure, et
j'entends une voix qui ne
correspond pas à celle de la
personne qui s'adresse
à moi. Mon passé récent
tente de s'imposer à mon
présent.

De l'autre côté du pont une coquette petite ville
de banlieue cossue avec ses magasins au personnel
habillé de noir, ses salons de beauté contigus aux
salons de thé (ce qui permet aux clientes de passer
de l'un à l'autre), ses adolescents aux crânes rasés et
aux bras tatoués sur des motos rutilantes, ses jeunes
filles qui n'achètent que des fringues que portent
les pop-stars du moment (elles sortent leur magazine

people pour s'assurer de la coupe et même
de la couleur, mais pas du tissu car c'est ça qui coûte
cher), ses petits vieux qui conservent cette énergie
paranoïaque propre aux prisonniers en cavale,
ses facteurs aux chaussures vernies couvertes
de poussières et aux mâchoires carrées d'acteur
de série B, ses policiers toujours en train de siroter
un Coca-Cola dans leur voiture sans cesser de jeter
des coups d'œil soupçonneux aux passants, surtout
ceux qui, comme moi, n'ont pas l'air d'habiter
dans le coin. On me donnerait une maison en cadeau
que je ne vivrais pas ici.

J'ai hâte de rentrer
chez moi
dans cette chambre crasseuse
avec une pile
d'assiettes sales dans l'évier,
des coquerelles partout
et cette odeur lourde de bière.

J'ai hâte de m'étendre
sur ce matelas sans drap,
les bras en croix,
tout en pensant que
c'est la place
que j'occupe dans cette galaxie.

— T'es arrivé en retard, Vieux,
me dit l'Africain.
Il y a à peine cinq ans
on pouvait louer une chambre

à vingt dollars par mois
et exiger qu'on installe
un nouveau réfrigérateur.

Chacun muré dans son univers. J'ai quitté
une capitale de bavards invétérés pour tomber dans
une ville de mordus du silence où les gens préfèrent
regarder la télévision plutôt que de s'adresser à
leur voisin. La distance qui les sépare semble parfois
infranchissable et cela se reflète dans cette agitation
pour esquiver le regard de l'autre.

Si on veut se parler
le temps qu'il fait
reste encore un bon
sujet de conversation.

On n'aime pas trop
faire des phrases ici.
On préfère agir en
silence et en sueur.

Les pigeons du parc
me jettent de vifs
regards inquiets.
Ils savent que j'ai
une bonne recette
de pigeon au citron.

Un homme, en cravate, traverse le parc à grandes
enjambées, au moment où un pigeon atterrit sur
un banc. Ces deux types de citadins, le fonctionnaire

et le pigeon, se croisent souvent sans se voir. Pourtant
ils sont essentiels à l'identité d'une grande ville.
Jusqu'au jour où l'un chie sur l'autre. C'est tombé sur
mon épaule.

Je regarde le vol maladroit
du gros pigeon qui vient
de me chier dessus.
Lourd, gras, laid, il n'arrive
même pas à voler.
Je parie qu'il finira dans
mon pot-au-feu.

Après les pigeons, viendront les chats qu'il faut faire
bouillir avec des feuilles de papaye pour attendrir
la chair un peu élastique. La chasse au chat est
d'autant plus difficile que c'est un animal d'intérieur,
habitué aux caresses et aux voix humaines. Par
bonheur, il y en a toujours un ou deux qui traînent,
la nuit, dans les ruelles.

On trouve tout
à meilleur marché
chez Pellat's
mais faut se lever
avant les concierges,
les ménagères,
et les vieux.

On fait la queue, tôt le mercredi
matin, devant la porte encore
fermée de chez Pellat's. C'est là

que j'achète mes légumes (carottes,
oignons, choux). Je m'arrange pour
passer devant la vieille caissière qui
ne me fait pas tout payer.

J'ai le choix
entre prendre
un seul bon repas
avec du vin
et passer le reste
de la semaine
à jeûner
ou à manger
du riz au pigeon.

Je le plonge tout emplumé dans l'eau bouillante,
le retire une vingtaine de minutes plus tard et le pose
ensuite délicatement sur une assiette blanche pour
lui enlever les plumes une à une avant de lui ouvrir
le ventre. Finalement, je le laisse mijoter une bonne
heure dans un bain de jus de citron. Cette recette
de pigeon au citron, je la tiens d'un vieil alcoolique
du parc, grand amateur de viande gratuite.

— Pour l'affamé, dit le vieux clochard,
le pigeon, c'est du steak
qui vole.

Menu simple : riz, pigeon,
carottes, oignons. Je fais
tout cuire dans le petit four.
Cuisson lente.

L'odeur envahit la pièce.
Je n'arrive pas à manger seul.
Je sors chercher quelqu'un
dans le parc
pour partager ce repas avec moi.

Ce n'est pas facile d'inviter
quelqu'un à manger avec
vous sans qu'on pense que
vous ayez quelque chose d'autre
à l'esprit. C'est qu'ici manger
n'est pas une priorité.

En louant cette nouvelle chambre, j'ai trouvé
une photographie épinglée sur le mur. Elle a été
découpée d'un catalogue de grand magasin.
On voit un couple de dos. L'homme doit faire trois
fois l'âge de la femme. Gros, petite taille, chapeau
melon, pardessus gris. La jeune femme élancée porte
un manteau de fourrure. La légende dit : « C'est
le monsieur qui a payé le manteau de la dame. »

Tout est nouveau pour moi
dans cette ville.
D'abord cette petite chambre
avec un réfrigérateur,
un four,
une salle de bains,
de l'électricité
vingt-quatre sur vingt-quatre
et la possibilité d'inviter
une jeune fille

dans mon lit
ou de me soûler à mort.

Ce ne sont pas les couleurs mais les odeurs qui
distinguent les quartiers. J'ai habité à côté
d'une poissonnerie (le samedi ça sentait la mer,
et le mercredi, le formol). Je n'ai pas pu supporter
cela plus de quinze jours. Puis j'ai déménagé à côté
d'une boulangerie et l'odeur du bon pain s'infiltrait
dans mes rêves (j'ai déménagé à cause du bruit
infernal que faisait la tuyauterie). Ensuite,
j'ai vécu à côté d'un marchand de fruits (une odeur
tropicale flottait dans l'air). Enfin, j'ai brièvement
séjourné à deux mètres d'un restaurant fast-food
(Poulet Kentucky) et je rêve depuis
de poignarder le vieux colonel au sourire
de grand-père gâteux.

Je suis couché
sur un matelas crasseux
et n'arrive pas
à m'endormir
avec tout ce vacarme.
Sirènes de police, klaxons de taxi,
engueulades de clochards,
bruits divers.
Un petit vent fait danser les
feuilles de cet arbre
dans l'encadrement de la fenêtre.
L'arbre musicien.
Tous les bruits s'effacent.
Je m'endors.

Ce type vit de l'assistance sociale. Toujours vissé
devant la télé. Torse nu. Une caisse de bière à
ses pieds. Il tente de me retenir chaque fois que
je passe devant sa chambre.
— Viens voir ça.
J'entre.
— Tu la connais, celle-là ?
— Diana Ross, je réponds.
— Dis donc, elle est bien faite, hein !
— Bien sûr qu'elle est belle.
— Figure-toi que je l'ai sautée.
— Ah bon, fais-je en m'en allant.
— Tu crois qu'elle est trop bien pour moi ?
— Pas du tout.
— Ce n'est qu'une Négresse.
— D'accord, chef.
— Je la saute quand je veux.
Juste avant d'entrer dans la salle de bains,
je me retournai pour voir qu'il était en train
de se masturber en regardant Diana Ross à la télé.

Garde précieusement
ta colère, Vieux.
Un jour, elle te servira.
En attendant, va te brosser
les dents.

Pour l'instant je ne fais
que marcher ou dormir,
et tout ça pour éviter
de penser. Se méfier de
tout ce qui a un rapport

quelconque avec l'esprit
tant que je n'aurai pas
réglé le primum vivere.

Hier soir, je suis rentré très fatigué, vers minuit.
Je n'ai pas pu fermer l'œil de la nuit. Le type d'à
côté était en train de baiser et la fille, une nouvelle,
n'arrêtait pas de crier d'une voix plaintive : « Parle-
moi, parle-moi. » Ça a continué comme ça toute
la nuit. « Parle-moi, chéri, parle-moi, dis-moi quelque
chose. » Vers cinq heures du matin, n'en pouvant
plus, je suis allé frapper à la porte du gars. Il a ouvert.
J'ai simplement dit : « Tu lui dis n'importe quoi que
je puisse dormir ou je fous le feu à l'immeuble. »
Il a fermé la porte sans dire un mot, mais dix
minutes plus tard je faisais un rêve érotique
complexe.

Il y a toujours du bruit,
la nuit, ici.
Et les policiers passent
leur temps dans l'escalier
de mon immeuble.
Le silence ne revient
que vers cinq heures
du matin et on a la paix
jusqu'à deux heures de
l'après-midi.

Un coup de feu coupe
la nuit en deux
et un de mes voisins

fait la manchette
dans le journal télévisé
du lendemain.

Mes voisins entrent
et sortent
de prison comme
dans un moulin.
L'un d'eux m'accoste
dans l'escalier.
— Tu ne voles pas, tu ne
vends pas de drogue, tu
n'as pas de filles qui travaillent
pour toi, comment fais-tu
pour vivre, man ?
Le ton d'un grand frère anxieux.

Hier après-midi
un type est venu
frapper à ma porte.
Je l'ai fait entrer.
Il restait une bière dans le frigo.
Il est allé boire à la fenêtre.
Puis il s'est tourné vers moi
pour me dire sur le ton de la confidence
que ma manière de vivre
intriguait beaucoup de gens.

Il voulait savoir si
je marchais avec Frankie
ou avec Rejean.

Après une bonne heure d'explication,
j'ai fini par comprendre
que c'était mieux d'être
avec Rejean qu'avec Frankie.
Dans tous les cas, je ferais
bien de quitter l'immeuble
avant la fin du mois.

L'autre soir, j'ai croisé dans l'escalier
cette fille au tatouage
de serpent sur la nuque
qui m'a invité chez elle.
Jamais vu autant d'ours
en peluche dans une pièce.
Chaque fois que je me levais
pour partir
elle ajoutait un chapitre sanglant
à son histoire qui ne doit pas
être différente de celle des
autres filles de la Zone Rouge.

Enfance dans une ferme
près d'une réserve indienne.
Fugue à l'adolescence pour
fuir un père violeur et une
mère complice par le silence.
Elle égrène, des heures durant,
sur ce ton monocorde
qui me donne froid au dos,
son chapelet de misères : drogue,
prostitution, avortement.

Finalement, j'ai compris qu'elle
voulait coucher avec moi, juste
pour ne pas voir arriver l'aube
toute seule.

À Port-au-Prince, la nuit est
brève. La ville dort à poings
fermés entre onze heures du
soir et quatre heures du matin.
Le réveil est brutal et matinal.
L'aube arrive avec les voix des
premières marchandes de
légumes et le bruit des camions.
Commence alors
un vacarme qui ne s'arrêtera
qu'à la tombée du jour.

Ici, j'ai découvert
une chose inconnue là-bas,
du moins dans ma classe
sociale : la grasse matinée.
Quand on reste au lit
là-bas, au-delà de sept
heures du matin,
c'est qu'on est malade.

Cette strip-teaseuse, Johanne,
qui travaille au Cheval blanc.
On l'a trouvée morte
sur le plancher de sa cuisine.
Sur la table : une note (avec un
mandat bancaire) demandant

de faire parvenir ses affaires
à sa mère, à Chicoutimi.
Deux grandes valises rouges
debout près de la porte.

Le concierge a dit,
en empochant le chèque,
qu'il se chargeait des valises.
Et les policiers, en sortant,
m'ont jeté ce regard
suspicieux – la routine.
Au sourire du concierge,
je parie qu'elle n'a pas lésiné
sur le pourboire.

Une demi-heure plus tard,
j'entendais le concierge
faire les recommandations d'usage
à une nouvelle locataire,
à propos du four à gaz et,
surtout, de la fenêtre qu'il faut
toujours garder fermée.
Il paraît qu'on a failli passer
au feu l'année dernière.
Quelqu'un, de la rue, avait lancé
une cigarette allumée
dans une chambre dont la fenêtre
était restée ouverte.

Je regarde par la fenêtre
qui donne sur la ruelle
pour voir des ombres

se faufiler
dans l'édifice qui a brûlé
l'année dernière.
Il paraît que le prix
de la « pipe » a
encore augmenté
et que c'est devenu
hors de portée du
travailleur moyen.

Je suis surpris de voir
une étoile filante.
C'est une émotion
qui remonte si loin
qu'elle me fait oublier
tout le reste. Je me
sens tel que je suis :
un homme à sa fenêtre.

La police cogne à la porte. Nous sommes
une quinzaine de Noirs en train de boire de la bière
tout en regardant un match de hockey à la télé.
Le policier est resté avec nous jusqu'à la fin.
Son équipe a perdu mais il est assez bon joueur
pour nous avertir de faire attention au type d'à côté
qui passe son temps au téléphone avec le poste 31.
« Ce genre d'individu nous empêche de faire
le boulot, mais c'est la loi il faut répondre à chaque
appel. » C'est dans l'escalier qu'il a repris son ton
de policier pour nous avertir, à haute voix, que
la prochaine fois il embarquera tout le monde.

Ce n'est pas tous les jours qu'un flic se range
de notre côté.

Je me lève au milieu
de la nuit
avec une de ces faims.
Ma tête me fait mal.
Je fouille
dans le réfrigérateur
pour ne trouver
qu'un os.
Ce n'est pas la première fois
que cet os me dépanne.

L'odeur du bacon me réveille. Mon voisin de gauche
se prépare un petit déjeuner avec la télé qui crie
à tue-tête. Ah les chroniqueurs sportifs qui font
encore semblant de se chamailler à propos du match
de la veille. Et qui se parlent en chiffres. Ils ont
inventé un nouveau sabir dont l'alphabet est fait
de chiffres (les dates, les nombres qu'ils tirent
d'une mémoire vierge de lettres). On se demande
s'ils ont eu une mère pour les conseiller au moment
du choix de carrière. Ce sont les derniers
qu'on entend le soir avant de s'endormir.
Et toujours les premiers qu'on entend le matin
au réveil. Ils reçoivent abondamment de courriers
d'un type particulier de filles. Elles se distinguent
par leur coiffure tout en hauteur, leurs ongles
longs et recourbés, et ce regard méprisant qu'elles
jettent à tous ceux qui n'habitent pas le petit écran.

C'est vrai que les chroniqueurs sportifs apparaissent
ou disparaissent de l'écran comme bon leur semble.
Il suffit qu'ils s'amènent avec un scoop ou partent
en chercher un. Le genre de scoop dont je ne sais
jamais de quoi il s'agit. Tout ce que je sais c'est que
ces chroniqueurs sportifs, aux cravates criardes,
se retrouvent tout en haut de ma liste de choses
détestables, ex-æquo avec les huissiers. Je sens que
c'est la voix de l'un d'entre eux, venant de la télé
de mon voisin de chambre, que j'entendrai à l'hôpital
au moment de mourir.

Je ne suis pas moins
surpris
que ce personnage
de *La Métamorphose*
qui a trouvé un matin
dans son lit
autre chose que lui-même.
Ce qui m'étonne
c'est d'être dans ce lit.

Lui (le personnage de Kafka),
il a changé
quand rien n'a changé
autour de lui.
Moi (malheureusement),
je suis resté le même
quand tout a changé
autour de moi.

De l'autre côté, la nouvelle strip-teaseuse vient tout
juste de se lever. Je peux suivre son parcours.
À peine assise, elle se relève pour aller prendre
quelque chose dans le frigo. Je suppose un verre
de jus d'orange. La voilà qui ouvre aussi la télé.
Elle tape des mains. Puis se lève pour aller laver
la vaisselle qu'elle vient tout juste d'utiliser. Son
évier ne paraît jamais encombré. Je me demande
ce qu'elle penserait de moi si, un jour, elle découvrait
toute cette vaisselle sale dans mon évier.

Quelqu'un est entré
dans la chambre
pendant que j'étais
sous la douche
et a pris l'argent du loyer
que j'avais laissé
sur la table.

Je ne sais pas ce qui m'arrive,
mais je suis pris
d'un fou rire
qui a duré
une bonne demi-heure
jusqu'à ce que
mon voisin de gauche
se mette à taper
contre le mur.

Je m'assois
pour éplucher une orange

que je n'ai pas
l'intention de manger.
Dans ces cas-là,
il faut occuper ses mains.

Je signale au concierge que
je descends les poubelles.
Deux sacs verts.
Il me jette un regard soupçonneux.
C'est dans sa nature.
En voyant les deux valises rouges
dans un coin de son bureau,
j'ai su tout de suite
qu'il avait gardé l'argent
de la strip-teaseuse.
Et moi, je garde celui du loyer.

Je sors dehors
et me dirige
vers le nord,
sans savoir où
je vais, et
en espérant
n'avoir
rien laissé
dans la chambre.

Quand je m'ennuie,
j'achète un ticket
et je passe la journée
dans le métro
à lire les visages.

J'ai lu, il y a longtemps,
une nouvelle de Cortázar
qui raconte qu'un certain
pourcentage de gens
passent leur vie
dans le métro souterrain
et ne remontent jamais
à la surface.

Je découvre la vie souterraine
en parcourant ces kilomètres
qui se déploient dans tout le
centre-ville. Un monde sous la
ville. On comprend assez vite
le fonctionnement de ce coquet
village avec ses commerçants,
ses habitants, ses touristes, ses
employés. On les reconnaît à
leurs habitudes. Ils prennent
le café, mangent et flânent à
heures précises. C'est le sous-sol
de ces tours de bureaux qui
champignonnent à la surface. Il
faut ruser avec les policiers pour
bénéficier d'un tel confort.

Le type qui fait la manche
devant ce restaurant fast-food
n'arrête pas de me dévisager
comme si on se connaissait.
Le voilà qui m'offre un hamburger.
Je ne lui ai pourtant rien demandé.

Il a estimé que ma situation
devait être plus pitoyable
que la sienne.

Les gens ne semblent pas
se rendre compte
qu'il y a
un nouveau prince
dans cette ville
même si je ne suis
qu'un clochard pour l'instant.

On n'a qu'à tendre l'oreille
si on veut savoir où trouver
à manger et à dormir. Sinon
il reste les parcs de l'est de
la ville que la police surveille
moins. En se couchant par
terre, il faut faire attention
aux aiguilles qui traînent. À
chaque fois que la police se
fait plus présente dans une
zone, on va ailleurs.

Je suis assis
sur un banc
dans le petit
parc fleuri
du quartier italien
à regarder
passer les filles.

Le soir tombe.
Seul et pauvre,
je peux donc jouir
à ma guise
de ce crépuscule rose.

J'habite maintenant
dans le quartier italien.
Le propriétaire se trouve
juste au-dessous.
Il bénéficie comme ça
de la cave et de la cour.
Antonio fait du vin dans
la cave et plante des
légumes dans la petite
cour.

Il m'apporte chaque semaine
quelques tomates et
une bouteille de mauvais vin.
Cela a duré jusqu'à ce
qu'il apprenne que
j'étais l'amant de sa fille,
l'ardente Maria.

C'est Antonio qui m'a trouvé
ce travail
dans la petite entreprise
de son cousin.
Il me traite comme si
j'étais son fils

alors que je couche
avec sa fille.

Je suis rentré un peu tard. Maria était assise dans
mon escalier. Elle s'est rangée contre le mur pour me
laisser passer. J'ai ouvert la porte.
Cette odeur de laitue pourrie me gifle de plein fouet.
Je suis allé directement au réfrigérateur pour sortir
quelques tomates que j'ai mangées avec du pain sec.
Tout en dégustant une bouteille du vin d'Antonio.
J'allais allumer la télé quand je fus pris d'un doute.
J'ai entrebâillé doucement la porte. Maria était
encore dans l'escalier. Je suis sorti et je l'ai fait entrer.
Le lendemain, elle avait apporté sa brosse à dents
qu'elle a placée près de la mienne.

Maria chante le matin
en faisant du café,
juste avant de rentrer
chez elle sur la pointe
des pieds. Antonio dort
tard et se lève tard. Son
mauvais vin fait qu'on
l'entend ronfler jusque
dans ma chambre.

Antonio se rase à midi
avant d'aller s'asseoir
devant l'église pour
évoquer avec ses vieux
amis des histoires de
leur village.

Ils se disputent encore
le cœur de jeunes filles
mortes depuis longtemps.

Maria m'a raconté l'histoire
de son père qui a dû quitter
le village parce qu'il a
engrossé une jeune vierge.
Le père de la fille s'est juré
sa mort. Et l'enfant ? C'est
moi, fait-elle avec un sourire
dans la pénombre. La mère
a traversé l'Italie avec une
petite fille pour le retrouver
ici. Elle est morte de chagrin,
il y a deux ans, quand elle a
compris qu'Antonio ne
retournera jamais en Italie.

On a fait un barbecue
dans la cour.
Antonio me demande
d'aller chercher du vin
dans la cave.
Maria m'a suivi.
Quand nous sommes
remontés, il y avait sur
sa robe une large tache
de vin. Antonio n'a rien
vu, mais quelqu'un a sûrement
remarqué un pareil détail.

Marcello dit qu'il vient
de Milan, mais les autres
affirment que c'est un
gars de Palerme. Il
termine toujours son
boulot une demi-heure
avant tout le monde.
Il entre aux toilettes pour
ressortir rasé, costumé,
parfumé. Un bouquet
de fleurs à la main.

C'est Marcello qu'Antonio
veut pour Maria.
Elle, elle veut partir avec moi.
J'ai dit calmement à Maria
de ne pas se servir de moi
pour faire face à son père.
Je marche seul.

Une petite affiche rouge plantée sur le gazon.
C'est écrit : « Chambre à louer. » Je sonne.
La porte s'ouvre et se referme derrière moi.
Les deux vieilles dames m'ont fait entrer jusqu'au
fond de l'appartement un peu sombre mais bien
rangé. Un petit salon avec trois fauteuils
et une table basse. Elles ne reçoivent jamais plus
d'un invité à la fois, paraît-il.
— Que faites-vous ? me demande gentiment la plus
âgée.
— Rien pour le moment.
— Ah bon, fait l'autre en hochant tristement la tête.

— Et en attendant ? me demande la première.
— J'essaie de connaître la ville.
— Ça c'est bien, me lancent-elles à l'unisson avant de
me donner la clé.

Ça ne m'a pas pris
une heure pour déménager.
Je flanque les sacs
de linge sale
au milieu de la pièce
et cours chez l'épicier
chercher quelques boîtes
de carton
et une demi-douzaine
de bières froides
que je descends assis
sur une caisse de livres.

J'épingle cette note
sur le mur jaune,
à côté du miroir :
« Je veux tout
les livres
le vin
les femmes
la musique
et tout de suite. »

Je suis sur mon balcon.
La fille d'en face
me fait un strip-tease gratuit.
Je la vois de dos.

De profil.
Jamais de face.
Elle sait que je suis là.
Aucun doute à sa manière
de bouger.

Je connais déjà
un chat persan.
Il habite juste
en face du parc.
Troisième fenêtre,
deuxième étage.
Je croise souvent
son regard triste.
Son maître est
en prison, m'a dit
la petite fille
toujours assise
dans l'escalier
avec un ballon
rouge.

Je m'assois devant la
Bibliothèque nationale
pour manger ce
sandwich à la merguez
avec toute
la culture occidentale
dans mon dos.

En face de moi
le paysage urbain

en mouvement.
Les gens se croisent
sans se regarder.
C'est qu'après
le déjeuner
ils sont pressés de
retourner au travail.

Affolés, ils regardent
sans cesse leur montre
comme s'il était possible,
à force de volonté,
de ralentir la course
du temps. Je reste
immobile
au milieu de cette tempête.

Vicky, une fille rencontrée au parc,
a insisté pour qu'on aille au resto.
Je n'avais pas un sou.
Au moment de régler
l'addition,
elle est partie aux toilettes.
Je me suis tiré aussitôt.

Je n'ai rien contre Vicky. Le problème c'est
qu'elle m'a pris pour un homme, donc l'ennemi.
Alors que je ne suis qu'un pauvre hère qui commence
à peine à se repérer dans cette nouvelle jungle.
En fait nos positions ne sont pas aussi opposées
qu'elles en ont l'air. C'est plutôt un malentendu.
Là où elle voit un homme qu'elle peut faire payer,

je vois la fille de l'ancien colonisateur qui me doit déjà
quelque chose. Notre mauvaise foi commune annule
nos revendications.

Quand je regarde le ciel
de midi
en évitant les buildings,
les pins, les couleurs,
les odeurs, la musique de
la langue, je peux m'imaginer
à Port-au-Prince.

Le Soleil levant, cette boîte
de jazz dont le propriétaire
est un cuisinier polygame et
poète à ses heures du nom
de Doudou Boicel. Son rire
facile, son rhum guadeloupéen
et sa cuisine épicée attirent
sur cette minuscule scène les
meilleurs musiciens de jazz
d'Amérique. Ce soir Dizzy
Gillespie joue en alternance
avec Nina Simone.

J'ai eu une longue conversation avec Dizzy même si
je n'ai pas bien compris tout ce qu'il me racontait.
C'est en allant pisser un peu plus tard que j'ai pris
pleinement conscience de la situation. J'étais en train
de discuter avec Dizzy Gillespie de l'Amérique,
du racisme, du jazz, et de sa technique pour
économiser son souffle, en gardant simplement une

portion d'air dans un coin de sa bouche. Plus tard, dans la soirée, en écoutant la musique de Dizzy, je me suis demandé si c'était le même homme avec qui j'ai causé tout à l'heure. Sa musique est aussi limpide que sa parole confuse.

J'avais tout mon temps, à Port-au-Prince.
Je n'avais d'ailleurs que ça, du
temps. Mais, à cause du chômage
généralisé, c'est un temps que
je devais partager avec tout le
monde. On ne pouvait rien vivre
tout seul dans son coin. Sauf
quand on allait pisser dans les
bois. C'est le seul plaisir que je
peux comparer au fait que je sois
assis là à écouter du jazz sans
penser à autre chose qu'au jazz.

La première fois que j'ai eu une émotion musicale et peut-être la seule fois d'ailleurs, j'avais sept ou huit ans. J'étais en train de dormir. Les Raras ont l'habitude de descendre des montagnes pour venir faire la fête dans notre village. Ils ont parcouru les rues toute la nuit. Quand je les ai entendus, ils rentraient déjà. Je me suis levé, et je les ai suivis jusqu'au pied de la montagne. Aujourd'hui encore, cinquante ans plus tard, je continue à croire que je n'aurais pas dû revenir.
Nina Simone entre en scène.
Une boisson verte dans la
main droite, et une cigarette

au bec. Sa bouche effleure le
micro. Elle fume, boit, chante
et danse (à peine). Le tout
avec cette grâce qui nous
révèle un aspect plus intime
de sa vie : elle ne doit sûrement
pas dépenser plus d'énergie
pour dormir. Une petite
flamme que le moindre courant
d'air pourrait éteindre : Nina
Simone. Pourtant sa voix nous
dit qu'elle a déjà survécu à de
terribles tempêtes.

Je me demande ce que
font mes amis, là-bas ?
On est samedi soir.
Je sais bien où ils sont,
mais parlent-ils de moi ?
Et surtout qui a une
chance avec Marie-Flore ?
Une semaine de plus,
ça aurait marché avec elle.
Je l'imagine, aujourd'hui,
dans les bras d'un autre.

Je n'ai même plus
besoin du sommeil
pour passer d'un
monde à un autre.
Les frontières sont
devenues si floues

que je ne sais plus
de quel côté je suis.
Mais où est Legba qui
laisse ainsi ouverte,
sans gardien,
la barrière du temps.

Doudou Boicel m'a glissé, l'autre soir, entre deux
solos de Dizzy : « Mets-toi du côté des femmes.
Elles sont solides, elles te nourriront, te laveront,
te vêtiront et te borderont, si tu tombes malade.
Souviens-toi que tout homme a besoin de sa mère.
Si elle n'est pas là, une autre femme peut faire
l'affaire. Elles ont souvent du cœur. » Le voilà parti,
en riant, vers la cuisine. Je l'ai suivi pour découvrir
au milieu des légumes un exemplaire des *Contes de
la folie ordinaire* d'un certain Charles Bukowski.
Me voyant en train de le feuilleter, il me l'a offert.

Chaque fois que
je tiens un livre
dans ma main
je me sens rassuré
sachant
qu'à tout moment
je peux m'asseoir
sur un banc et
l'ouvrir.
La voiture de police roulait tous feux éteints.
Elle s'est arrêtée derrière moi. On m'a plaqué
contre le mur, écarté les jambes, et fouillé en règle.
Le policier a pris mes papiers et est allé consulter

l'autre policier resté dans la voiture. Ils ont parlé
longuement avec le poste central. Celui qui m'avait
fouillé est revenu me rendre mes papiers, mais pas le livre.
— Qu'est-ce qui se passe ? j'ai fini par demander.
— On cherche un Noir, me lance-t-il en se dirigeant
vers la voiture.
La dernière fois qu'on m'avait confisqué un livre,
c'était ce prof de géographie, au secondaire, qui
m'avait pris le Carter Brown que je lisais pour ne pas
tomber de sommeil.

La voiture, en passant, m'a
frôlé et le policier, qui avait
procédé à ma fouille, m'a
jeté ce long regard. Cette
fois c'était pour m'intimider.
L'autre policier a cherché
mes yeux pour me faire
comprendre qu'on pourrait
me coller n'importe quoi sur
le dos, et ça marcherait.

Que faut-il penser de cela ?
Est-ce un banal incident ou
quelque chose que je
ne dois jamais oublier ?
Cette question me taraude
depuis hier soir. On a
tous nos angoisses.
Il faut savoir avec lesquelles
on accepte de passer
la nuit.

Je remonte la rue
sous une
pluie fine.
Le cœur gros.
La tête en feu.
Pourtant cela
fait longtemps
que je ne me
suis pas senti
aussi vivant.

J'ouvre la fenêtre.
Une corbeille de fruits
sur la table.
Quelqu'un est passé
pendant que je dormais.
J'ai trouvé, dans une
enveloppe, l'argent
qu'on m'avait pris
l'autre jour, avec un mot
d'excuse.

On m'a suivi jusqu'ici
pour me le rapporter.
Ça doit être encore Legba,
ce dieu chargé de ma protection,
sinon, je ne connais personne
d'autre dans cette ville.

J'arrive à la librairie
le samedi matin.

Tous les copains sont là.
Borges.
Bukowski et Tanizaki.
Césaire et Baldwin.
Miller et Gombrowicz.
Roumain et Alexis.
Ducharme et Aquin.
Woolf et Yourcenar.
Salinger et Boulgakov.
Ils se tiennent ainsi la main.

Je m'assois dans le même
coin pour lire. C'est pas
ici qu'on me demandera
des comptes. Si j'ai envie
de parler de Borges ou
d'autre chose, je trouverai
toujours quelqu'un avec
qui faire la conversation.

J'apprends, ce matin, que
la librairie Québec-Amérique
n'existe plus.
Cela dut faire le même effet
à un lettré d'Alexandrie à qui
on venait d'annoncer
l'incendie de la Bibliothèque.

Je monte l'escalier raide
au-dessus de la librairie
qui mène chez mon amie.
Nous passons la soirée à

manger du spaghetti à
l'ail et à bavarder.
Je vous donne tout de suite
la recette du spaghetti
à l'ail : prenez une amie,
placez-la au sommet
d'un escalier, ajoutez-y
un zeste de jeune poète
affamé.

Jours tranquilles à Clichy, dernier livre acheté
à la librairie. J'aimais le titre et aussi le fait que
l'action se déroule à Paris. Avant d'arriver chez moi,
j'avais déjà lu la moitié de ce mince bouquin.
J'ai pu comprendre assez vite que les jours de Miller
à Clichy n'étaient pas vraiment calmes. Je devais
m'y attendre car ce serait trop simple, même pour
un Miller qui joue souvent au naïf, d'annoncer aussi
bêtement la marchandise.

Je dois de l'argent à l'épicier.
Je dois de l'argent à mon voisin.
Je dois presque deux mois de loyer.
Je dois aussi quelque chose
à la grosse femme de la buanderie,
et je vais devoir emprunter
ce mois-ci encore.

La grosse femme de la buanderie
a la chair très blanche.
Des seins volumineux
qui dépassent largement

le cadre du soutien-gorge.
Elle a le haut de la cuisse
encore plus blanc
que le reste du corps et
une toute petite tache de vin
sur la hanche.
Elle me l'a montrée, ce midi.

Un lit bien fait
avec un drap blanc
dans la pénombre.
Quelle fraîcheur !

La grosse femme de la buanderie
se frotte contre moi.
Sa peau est douce, crémeuse,
glissante.
Comme un savon.

Par la fenêtre ouverte
la chaleur s'engouffre
dans la chambre.
Sa langue est encore fraîche.

Une mouche vole
au ralenti
et tombe dans l'évier,
soûle de chaleur.
On file sous la douche
pour revenir manger,
nus dans le lit,
des raisins glacés

sans cesser de s'embrasser,
mais cette canicule
nous empêche d'aller au-delà
de ces chastes baisers.

Je fais une petite danse indienne autour de la table
pour qu'il pleuve : Toc. Toc toc. Toc toc toc.
Toctoctoctoctoctoctoctoctoctoctoctoctoctoctoctoctoc…
Une forte pluie qui remet en appétit la grosse femme
de la buanderie. Elle est partie dès que la pluie s'est
arrêtée. Je l'entends chanter dans l'escalier.
Et je la regarde, par la fenêtre, danser dans la rue.
Il faudrait, un jour, qu'un jeune chercheur
de l'université McGill accepte de jeter un coup d'œil
sérieux sur l'influence de la pluie dans les rapports
sexuels en ville.

Quand je mets mon chapeau,
ça marche à tous les coups.
Les filles me tombent dans
les bras.
— Alors, pourquoi tu ne le mets
pas tout le temps ?
— Parce que je ne veux pas que
ça soit toujours facile, et
surtout, je ne veux pas devoir
ça à un chapeau.

Je prends l'autobus 80 qui me dépose à l'avenue
du Parc dans cette discothèque africaine,
Le Sahel, où deux étudiantes passionnées
de littérature francophone comparent Césaire à

Senghor tout en fumant des cigarettes égyptiennes.
On a causé un moment. Catherine trouve que
je ressemble à un ancien amoureux de Sylvie. Le
visage de Sylvie s'est vite assombri. La blessure ne
s'étant pas complètement cicatrisée, on a glissé sur
leur dernier voyage en Afrique. Elles reviennent d'un
stage à Dakar où Sylvie a pu rencontrer plein de
gens pour sa thèse sur l'héritage de Senghor dans la
littérature africaine contemporaine. Catherine semble
follement amoureuse d'un musicien sénégalais qu'elle
ne quitte pas une seconde des yeux. Il se trouve que
je connais Mongo. C'est un tigre.

Je vais me chercher un mojito au bar.
Cette barmaid ultrasexy en fait de vraiment bons.
J'espère que Catherine ne l'a pas vu,
mais elle a un tatouage sur le sein gauche.
C'est écrit : Mongo.
Elles ont toutes son nom
tatoué quelque part.

Au retour, je croise Catherine,
les yeux voilés de larmes,
qui file vers les toilettes.
— Ce type est un salaud,
me siffle Sylvie.
— Moi, je suis prêt à adorer
ton amie, dis-je.
— Oui, mais elle ne t'aime pas.
— Pourquoi elle reste avec lui ?
— Parce qu'elle l'aime.

— Je veux une autre définition
de l'amour.
Elle me jette ce lent regard
étonné avant d'aller consoler
son amie en train de vomir
à l'intérieur.

Lu dans les toilettes :
« Dès qu'il y a plus de
dix Noirs dans une zone,
on appelle ça un ghetto.
Dès qu'il y a plus de dix
mille Blancs, on appelle
ça une ville. »

Sylvie qui connaît Senghor par cœur et fume, en
chaîne, des cigarettes égyptiennes, est venue à
ma table, près de la petite piste de danse, pour
me rappeler qu'elle m'avait croisé à Amsterdam
l'année dernière, qu'on s'était soûlés là-bas, et
qu'un chien n'arrêtait pas de japper jusqu'à ce que
je fasse le chien. Elle riait encore en se remémorant
la tête du chien. Je cherchais un temps mort pour lui
dire que je n'avais jamais été à Amsterdam quand elle
a remarqué ce type avec qui elle avait dansé toute une
nuit au Caire, il y a deux ans, du temps
qu'elle terminait son mémoire de maîtrise sur la place
du café (la boisson mais aussi l'endroit) dans l'œuvre
de Mahfouz. Le temps que je lui dise mon sentiment
à propos de Mahfouz que j'aime bien elle était déjà
pendue au cou du type là-bas.

Catherine dansait avec Mongo,
à deux pas de ma table.
À mon avis, Sylvie et elle ont dû fumer
quelque chose dans les toilettes.
Mongo est un bon dealer.
Je vois son nom tatoué
sur la nuque de Catherine.

D'où vient cette assurance
chez Mongo
pour qu'il fasse de ces
princesses de la glace,
si méprisantes avec d'autres,
de simples prêtresses
de son temple ?
Le chômeur du jour
est donc un dieu
de la nuit.

Quand on regarde le spectacle, du fond de la salle en
buvant la même bière depuis deux heures, on finit
par se changer en analyste politique en comparant
la discothèque à une dictature. Le DJ peut vider
ou remplir la piste à sa guise. On danse au rythme
qu'il veut. Un petit groupe semble s'amuser à faire
rire les filles et à boire gratuitement quand le gros
de la troupe doit payer sa consommation au prix fort.
Pourtant personne ne nous force à rester. On doit
même éteindre les lumières pour nous indiquer
la sortie.

J'ai croisé les deux filles dans l'escalier.
Catherine, encore en larmes.
Mongo a finalement choisi la barmaid,
ou une nouvelle fille.
C'est un félin qui chasse la nuit.
Le jour, il dort.

— T'es arrivé en retard, Vieux,
me dit l'Africain dans l'escalier,
il y a à peine cinq ans on
pouvait ramasser le même
soir trois filles sans bouger
de sa table.

La concierge est assise sur le balcon. Je lui dois deux
mois de loyer. Elle a l'air d'être là pour toute la nuit.
Pas moyen de l'éviter. Je passe par la cour, grimpe
l'escalier de secours, ouvre la fenêtre et entre dans
l'appartement pour découvrir la surprise : un couvert
sur la table et un bon repas. Avec un petit gâteau en
guise de dessert. C'est écrit dessus : « Bonne fête. »

J'ai vingt-trois ans aujourd'hui
et je ne demande rien à la vie,
sinon qu'elle fasse son boulot.
J'ai quitté Port-au-Prince parce
qu'un de mes amis a été trouvé
sur une plage la tête fracassée
et qu'un autre croupit dans une
cellule souterraine. Nous sommes
tous les trois nés la même année, 1953.

Bilan : un mort, un en prison
et le dernier en fuite.

J'étais, depuis un moment,
dans la baignoire
quand Julie est entrée
dans la pièce en rougissant.
Elle s'était trompée
d'étage.

Pour une fois que
c'est moi le veinard.

Je ne veux pas savoir
l'heure,
ni le jour,
ni le mois,
ni même l'année.
C'est assez que je sache
qu'on est au vingtième
siècle, vers la fin,
je crois.

Je me suis levé du mauvais
pied, ce matin.
Tout semblait contre moi.
Et pourtant ce fut une
journée magique.

Cette vibration dans l'air
m'a rendu si euphorique

que j'ai eu l'impression
de respirer du jazz.

Les gens de l'autre côté de la rue
ont pris l'habitude, en été, de
laisser leur fenêtre ouverte. Je
m'assois dans l'escalier et je passe
la soirée à les regarder vaquer à
leurs occupations. Comme s'ils
se mouvaient dans un aquarium.
Comme je ne vois pas leurs jambes,
je peux penser qu'ils ont des
palmes. Ils ouvrent la bouche mais
on n'entend aucun son.

J'ouvre la télé et je tombe sur un documentaire
qui parle de ce tueur à gages qui travaillait pour Nick
Rizzuto, le parrain de la mafia montréalaise,
une branche de la mafia de New York. Il avait tué
des dizaines de personnes dont la plupart étaient eux
aussi des tueurs. Comme il a accepté de témoigner
contre son boss, on a réduit sa peine tout en lui
promettant, quand il l'aura purgée, une nouvelle
identité. Lui-même ne sait pas encore dans quel
pays, ni sous quel nom il passera le reste de ses jours.
Ce n'est pas loin de ma situation, sauf que je n'ai
tué personne.

Une petite pluie
fine. Chant doux
qui couvre les

autres bruits.
J'ouvre la porte
qui donne sur
le balcon fleuri
pour entendre
le souffle frais
de la nuit.

Dans la pénombre, je cherche à tâtons le livre
de Miller que je lisais avant de tomber comme
une mouche soûlée par la chaleur. J'allume, à présent,
la petite lampe près de ma tête pour me retrouver
dans cette ambiance proprement excitante qui
semble surgir, à tout coup, au bout des doigts
de Miller. Il raconte son histoire encore une fois.
Enfin, presque. C'est toujours le même plat mais avec
des épices différentes. *Jours tranquilles à Clichy*,
c'est un écrivain qui se rappelle, avec émotion,
ses débuts à Paris. Hemingway, même à bout de
souffle, avait tenté et réussi la même chose avec *Paris
est une fête*. Mais c'est avec Miller que je veux voir se
lever le jour. Je le regarde déambuler à Clichy tout en
épluchant une orange. J'aime commencer la journée
avec une orange et l'air chaud qui s'engouffre par
la fenêtre ouverte.
Triste le soir.
Lumineux le matin.
Tel je suis.
Parfois.

Je sors prendre l'air.
Une jeune fille passe

76

dans une courte
robe jaune.
Je la suis jusqu'au parc.

Me voilà assis sur
un banc du parc
à regarder les jeunes filles
se promener de l'autre côté
du jet d'eau.
Celle qui est au milieu
m'apparaît si belle
que j'en ai le souffle coupé.
On se demande pourquoi
tout d'un coup
tant d'élégance chez
une même personne ?
Est-ce une erreur de la
nature qui semble aussi
impitoyable dans
sa disgrâce que
généreuse dans sa grâce ?

Les jeunes filles d'ici
donnent l'impression
d'ignorer leur charme.
Cela aussi fait partie
de leur charme.

Des cinq sens,
j'utilise jusqu'à présent
l'ouïe,
la vue,

l'odorat.
Me restent
le goût
et le toucher.

Je cours m'acheter, juste à côté, un hot-dog et
des frites que je reviens manger au parc sans cesser
d'observer ces jeunes filles dont le corsage rose
qu'elles portent toutes ajoute à la gaieté du matin.
Le moment d'après elles s'éparpillent pour aller
causer en tête-à-tête. Puis le groupe se reforme avant
d'exploser à nouveau. Je commence à m'habituer à
leur ballet quand brusquement elles se figent comme
si leurs oreilles ultrasensibles avaient perçu un signal.
Les voilà qui filent, dans un parfait désordre, vers
l'Institut du tourisme où elles font des études.

Plus personne dans
le parc, à part cette
dame distinguée avec
chignon, jupe noire,
corsage de satin blanc
et collier de perles.
Elle me jette de
brefs coups d'œil
pour finalement
me faire un timide
sourire qui me
touche à un endroit
auquel je n'aurais
jamais pensé.

Malgré le fait
qu'elle doit frôler
les soixante-dix ans.
Mon sexe remontera
gaiement
jusqu'à ses seize ans.

Je me sens à présent
comme un aveugle
circulant dans la foule
avec un pistolet chargé.
Je dis ça uniquement
parce que le type à côté de moi
est en train de lire
le roman de Chester Himes :
L'Aveugle au pistolet.
Je capte tout mais
ne parviens pas toujours
à ordonner
les choses dans ma tête.

J'entre dans la bibliothèque.
La grande pièce sombre
avec tous ces dos ronds.
Et ces lampes vertes. Surtout
ce silence. Je commence
déjà à suffoquer.

Julie m'attendait
tout habillée
dans la baignoire
avec un bouquet de lilas

à la main.
On aurait dit un Renoir.

On a commencé à regarder
le film mais elle s'est endormie
après quelques images. Un
long métrage de Lina Wertmüller
qui se passe dans un bordel
avec un anarchiste et quelques
prostituées colorées. On boit
et on mange beaucoup dans
ce film. Je suis allé chercher
un verre d'eau et au retour j'ai
eu envie de la prendre dans
son sommeil.

Elle ouvre grand les yeux,
garde les lèvres serrées
et trace des signes dans
l'espace avec ses longues
mains. Pourquoi ce sourire
presque douloureux
au moment de l'orgasme ?

Dans cette chambre,
un couple nu
comme tant d'autres
depuis la nuit des temps.
De grâce, n'en faisons
pas une affaire.

Nous ne bougeons plus.
Légèrement en sueur.
Mon visage dans ses cheveux.
Le sommeil n'a pas tardé.
Je sens son souffle si léger
dans mon cou.
Tout cela n'aura été qu'un
doux murmure
entre deux sommeils.

C'est la première fois
que je dors avec
une femme dans mon lit
sans ma mère
dans la pièce d'à côté.
Je veux plutôt dire que
c'est la première fois
que je dors
sans ma mère
dans la pièce d'à côté.

Ce matin
elle a mis
sa robe à sécher
sur le balcon.
Mon drapeau.
Je tombe
en amour.
Vertige horizontal.

Julie s'est habillée
à toute vitesse.

Le réveil n'a pas
sonné.
Rien n'est plus
émouvant
qu'une jeune fille
mal coiffée.

La pluie entre
dans ma chambre.
Je ferme la fenêtre
pour écouter son
crépitement
dans la pénombre.

De mon balcon,
je vois une fille
sous la pluie.
Sa robe mouillée
épouse parfaitement
toutes les formes
de son corps.

J'ai bien vu ça
cent fois au cinéma
mais l'image
qui vient de la réalité
s'imprime mieux
sur notre rétine.

Lire les grands romans russes
de la fin
du dix-neuvième siècle

c'est le privilège
d'un chômeur qui vient
de payer son loyer.
J'ai commencé *Guerre et paix*
ce matin.

Je suis assis dans l'escalier
extérieur
de mon immeuble
face au soleil avec
un grand bol de salade
et un verre de vin
rouge.

Les gens me regardent avec
des fusils dans les yeux.
Et je ne sais pas si c'est à cause
de mon bonheur
ou du fait qu'aujourd'hui
c'est mardi
et qu'un type normal
devrait être au boulot
à l'heure qu'il est.

Je vais me cacher
au milieu de cette foule
et quand je surgirai
personne ne pourra dire
qu'on m'a vu venir.

Je me suis déshabillé.
Complètement.

Puis j'ai pris un livre
de Borges (*L'Aleph*)
sur la petite étagère
et je me suis enfermé
dans la salle de bains.

Quelqu'un est entré
dans l'appartement.
Je l'entends marcher.
Il ouvre le réfrigérateur,
prend une bière,
s'assoit un moment pour
la boire, avant de partir en
refermant doucement
la porte. C'était qui ?

Je ne sais pas pourquoi
la jeune fleuriste
a voulu que je reste
près d'elle
jusqu'à la fermeture
quand je ne lui achète
jamais de fleurs
et qu'on se salue
à peine
quand on se croise
au parc.

Elle trouve
que les fleurs
puent

et s'étonne
qu'on ait fait
de la rose une
star.

En descendant la rue Saint-Denis, Nathalie me
raconte qu'elle a vécu brièvement au Japon, mais
assez pour en être fascinée. Elle m'explique que
ce qui l'a vraiment impressionnée c'était les jardins.
Surtout le jardin sec. Et qu'a-t-il de particulier ?
Aucune plante. Les Japonais bougent généralement
dans un espace (on parle de Tokyo) très étroit mais
avec tant de discipline et de rigueur que cela paraît
toujours fait sur mesure. Tout le long du chemin
elle me raconte son séjour dans les moindres détails.
On peut dire que le Japon la possède. Je dois
m'en souvenir si on devait se fréquenter un peu plus
longtemps que le temps d'un café.

Nathalie s'accroche à mon bras.
Elle vient de rater
une marche.
Elle porte des souliers verts
avec des talons aiguilles.
Rien de plus excitant
qu'un corps neuf.
Sa main est moite et son
parfum trop lourd pour
l'été.

On continue à monter l'escalier.
La concierge me fait signe
que Julie m'attend là-haut.
Ma bouche devient amère.

Je ne sais pas ce que j'ai fait
ni ce que j'ai dit
mais Nathalie n'était plus
à mes côtés
à la seizième marche.

En effet, Julie m'attendait,
couchée dans ce lit crasseux,
avec une bouteille de vin,
du fromage
et quelques petits cris aigus.

Nous sommes restés
ainsi enlacés
un long moment
dans la pénombre.
Son souffle chaud
dans mon cou.
La rumeur de la rue
pour toute musique.
Et moi dansant
dans ma tête.

Me suis réveillé au milieu de
la nuit pour tomber sur ce
film dont je rate toujours le

début. Mes jambes autour
des douces hanches de Julie,
je regarde défiler les images
sans chercher à comprendre
ce qui les relie entre elles. Mes
sens sont satisfaits au point
que les petites lumières bleues
de mon cerveau se sont, une
à une, éteintes, jusqu'au repos
complet de mon esprit.

J'ai payé le loyer en retard
ce mois-ci, vers le quinze,
ce qui veut dire que le mois
prochain c'est dans deux
semaines. Ces échéances
déboulent sans me laisser
le temps de respirer et ne
cessent d'empoisonner mon
quotidien.

Ma nuit aussi est contaminée
par ces préoccupations.
Dès que je ferme les yeux
je vois des chiffres,
qui glissent le long des murs
de ma chambre comme
des araignées noires.

Je me réveille en sursaut,
de ce cauchemar chiffré,

en me promettant de
trouver un boulot au
plus vite, sinon je reste
couché sur le dos, sans
pouvoir penser à rien.

Je regarde, du coin de l'œil,
cet homme assis derrière
son bureau climatisé
au ministère de l'Immigration
et de la Main-d'œuvre.
Cravate et attaché-case.
Chaussures cirées et bagues
aux doigts. Sans oublier l'eau
de Cologne. Dire que c'est
un fils de trappeur.

Il sort mon dossier rouge,
et après un long examen
de ce dernier, relève la tête
vers moi avec ce sourire
en coin qui d'ordinaire
n'annonce rien de bon.
Tout ce qui s'est passé de
notable dans ma vie
durant ces derniers mois
se trouve consigné ici.

Sur la fiche à remplir
j'ai mis dix-huit dollars
de l'heure à la case
« salaire espéré ».

Le conseiller à la Main-d'œuvre
l'a effacé
pour écrire à la place
trois dollars dix,
le salaire minimum,
sans même lever les yeux
vers moi.

Je travaille de minuit à huit heures du matin et,
quand je termine, il fait généralement soleil. Comme
je n'arrive pas à me coucher, je me fais un déjeuner
copieux que je mange en regardant la télé. Je sens
le sommeil me chatouiller la nuque. Le téléphone
sonne. Je réponds. Un sondage quelconque.
Je me recouche. On frappe à la porte. Un ami vient
prendre le café et m'entretenir de ses problèmes
conjugaux avant de partir finalement. Je monte
le son de la télé sur ce jeu qui me vide la tête.
Je commence à faire cuire le riz (avec un poulet
à la sauce créole) que je mangerai tout en téléphonant
pour contester ces maudites factures. De nouveau
le sommeil, je coupe le son de la télé avant
de sombrer dans un trou noir.
Le réveil sonne, et je me lève
en sursaut.
Pour aller travailler
je dois prendre un
autobus qui me dépose
à ce métro qui me
mène au bout de la ligne jaune.
Puis deux autres autobus.
Le dernier s'arrête à vingt

minutes (à pied) de mon travail.
Ce qui fait que j'arrive
au boulot complètement épuisé.

Hier, j'ai averti mon coéquipier
que j'allais faire un petit somme
de dix minutes pour qu'il surveille
un moment le boss. J'ai dormi
cinq heures d'affilée. L'impression
d'avoir à peine fermé les yeux.

Le gars qui travaillait sur la machine
avant moi a eu l'avant-bras broyé.
Au lieu de changer
la machine défectueuse qui coûte
une fortune, il faut le dire,
la direction a préféré donner le poste
à un travailleur immigré.
Les gars font tout ce qu'ils peuvent
pour qu'il m'arrive quelque chose.
Avec deux accidents
dans la même semaine,
le boss serait bien obligé d'acheter
une machine neuve.

Nous recevons
de l'Alberta
des peaux de bête
encore sanglantes
qu'il nous faut traiter
avant de les envoyer
à l'arrière

pour qu'on en fasse
des carpettes.

Je dois sortir la peau du crochet
pour la passer dans la machine
qui raclera ce qui reste de chair.
Tout de suite après, je la plonge
dans un bain spécial avant de la
replacer sur le crochet suivant.
Le tout en moins de vingt secondes.
Pour nous garder concentrés, on
change de temps en temps de
vitesse. C'est à ce moment-là
qu'on risque de perdre un bras.

Le reste va à l'Indien
qui doit plier cette peau
en quatre
avant de l'entreposer
pour une durée
de quinze jours.

C'est encore à l'Indien de déplier
la peau quand des milliers de petits
vers blancs grouillent dessus.
Sa moyenne est de cent cinquante
peaux par jour.
Avant lui personne n'avait atteint
le chiffre cent.

Ce type est une vraie terreur.
Il a déjà envoyé la moitié

de l'usine à l'hôpital.
Alors pourquoi s'adresse-t-il
à moi comme un chien
à son maître ?
Il y a peut-être en moi
une force que j'ignore.

Le boss m'a placé juste
en face des toilettes.
Je ne suis pas obligé
de faire mon quota
du moment que je lui
signale qui est allé pisser
plus de deux fois dans
la journée.

— T'es arrivé en retard, Vieux,
me dit l'Africain.
Il y a à peine cinq ans
on pouvait quitter son travail
et en trouver un autre
une heure plus tard.
J'emmène Nathalie
danser au Keur Samba,
un bar africain
sur l'avenue du Parc.
Musique zaïroise.
Elle a sauté au cou
d'un gars à la porte
et je l'ai perdue de vue.

Je n'ai pas d'autre choix
que de siroter une bière
dans le coin le plus sombre
tout en rêvant de planter
un couteau dans le dos
du Zaïrois. La voilà qui
chuchote quelque chose
à l'oreille du D.J., et tout
de suite après on entend
« No Woman, No Cry »
de Bob Marley.

Je viens de voir Nathalie
entrer dans les toilettes
avec ce long Sénégalais,
souvent croisé au café
Campus avec une étudiante,
jamais la même,
qui s'enroule autour de lui
comme une plante
grimpante.

Je n'ose imaginer
ce qui se passe en ce moment
dans un espace si restreint.
Si je pars tout de suite
j'ai une chance d'attraper
le dernier métro.

Debout devant la fenêtre
qui donne sur un arbre vert,

je vois le bec de l'oiseau
caché derrière les feuilles.
Son œil rond me regarde
un long moment. Que voit-il ?
J'entends un léger sifflement.
Je relève la tête juste à temps
pour le voir traverser ce feuillage
touffu en filant droit vers
le ciel d'été.

Dos contre la porte.
Le corps arqué.
Les sens aux aguets.
L'esprit vif.
Même dans la plus
stricte intimité
je reste en état
d'alerte.

Assis à la table.
Les paupières closes.

Je tente de me projeter
à Port-au-Prince.
La frustration
de plus en plus forte
de ne pouvoir être
à deux endroits
à la fois.

Je me sens en ce moment
plus sensible à cette orange

que je suis en train d'éplucher
et dont la forte odeur
m'étourdit et m'enivre à la fois
qu'à une quelconque idée
de pays ou de race.

Julie revient de l'opéra.
Elle me donne des nouvelles
d'un monde dont je n'ai
aucune idée et qui s'agite
pourtant sous mon nez.
Je prends un livre et fais
semblant de m'y intéresser
afin de retrouver ma position
d'intellectuel pauvre.

De mon lit, je la vois assise à la
table en train d'écrire une lettre
à sa meilleure amie qui vit dans
une communauté bouddhiste
au Tibet. Sa nuque est bien le
centre du monde.
Je me demande à quoi
pensent tous ces gens
qui arrivent au boulot
deux heures à l'avance
et passent leur temps à
essuyer la machine avec
un sourire ?

Malgré tout ce que l'on dit,
c'est facile de lire Borges

dans les toilettes.
Je lisais *Fictions*
quand mon boss est arrivé
avec le comptable.
J'ai arrêté de respirer.
Ils ont pissé tranquillement
en parlant du gros cul
de la secrétaire.

Chaque fois que j'entre dans
la grande salle de travail,
éclairée par des ampoules
couvertes de poussière,
avec tous ces hommes silencieux
penchés sur des machines,
j'ai l'impression
que rien n'a changé.
Et que pour tous ceux qui ont
le pouvoir
l'être humain restera toujours
taillable et corvéable
à merci.
Ces grandes villes sont
devenues, au fil des ans,
des bateaux de croisière
où de riches oisifs passent
leur temps sur le pont,
allongés sur des chaises
longues à regarder planer
les mouettes ou à boire
au bar sans trop se soucier
de ce qui se passe dans

la cale où des hommes
couverts de suie ne rêvent
plus de voir le ciel avant
la fin du voyage.

Dans cette usine située
à la sortie de la ville,
où le recrutement se fait
de bouche à oreille
avec une préférence
pour les sans-papiers,
la loi ne pénètre pas.
La lumière du jour
non plus.

Hier soir,
on m'a encore surpris
en train de dormir
dans les toilettes.
Un journal largement
ouvert devant moi.
Le comptable m'a
simplement dit
qu'à partir de demain
je travaillerais de jour.

Haïtiens, Italiens et Vietnamiens
des quartiers pauvres
entassés comme des sardines
dans ces wagons qui filent
vers l'est de la ville
toutes couleurs confondues.

Tous ceux
qui prennent
le métro
à cette heure
reviennent
de l'usine.

La circulation des gens
dans une grande ville
se fait sous un contrôle
minutieux de la police
qui distingue au premier
coup d'œil ceux qu'elle
doit protéger de ceux
qu'il lui faut constamment
harceler afin de maintenir
la paix sociale.

Chacun pense à mille détails.
Des choses à acheter.
Des factures à payer.
Des mandats bancaires
à envoyer à la famille là-bas.
Des douleurs à calmer.
Des frustrations à faire taire.
Des humiliations à oublier.
Si on pouvait les entendre,
ce serait un tel vacarme
que la police serait obligée
d'intervenir pour scandale
sur la voie publique.

Qui est ce type assis
en face de moi :
le menton appuyé
contre la poitrine,
les mains bien posées
sur ses cuisses,
les yeux mi-clos ?
C'est mon reflet aperçu
dans la porte vitrée
du métro.

J'ouvre la porte.
La petite souris file
derrière l'évier.
Je reste sans bouger
quelques secondes,
pour voir cet éclair
traverser la chambre
en diagonale.
Je me prépare
un souper léger,
éteins toutes
les lumières
avant d'entrer
dans le bain.
J'ai envie de
réfléchir dans
le noir.

Couché sur le dos à regarder le
plafond en attendant que mon

esprit rappelle à mon corps que
j'ai rendez-vous avec Nathalie
dans le parc.

Le vieux m'attrape dans l'escalier et me fait entrer
dans sa chambre pour me montrer son album
de photos. Je regarde, par-dessus son épaule,
sa petite collection de Polaroid : un bouquet
de fleurs séchées sur la table, le chat en train de boire
près de la porte, la chaise au milieu de la pièce,
et les médicaments bien rangés sur la petite étagère,
comme une garde d'honneur qui accompagnera
le vieil homme jusqu'au seuil
de sa dernière demeure.

Son souffle haletant dans mon cou.
On y sent toute sa passion de l'autre.
D'un autre corps. Mon odeur l'enivre.
Cela doit faire un moment qu'il ne
s'est pas trouvé si près de quelqu'un
d'autre que lui. « Celle-là n'est pas
bonne », me fait-il en tournant vite
la page de ses doigts crochus. Il a
voulu se photographier dans le miroir.
À la place de sa tête, c'est la lumière
du flash. Son plus juste portrait.

Les types qui bavardaient
dans le parc
ont formé une haie
en voyant venir
une Nathalie étincelante

dans cette courte
robe noire.

J'ai l'impression de marcher
dans deux villes, dans deux vies.
Dans la première, je me démène
pour éviter d'être tué
et dans l'autre je me promène
à côté d'une fille de feu.

Nathalie, qui marche comme
si elle avait un compte personnel
à régler avec chaque homme
qu'elle croise sur son chemin,
se révèle très pudique au lit.
C'est qu'elle dépense tout
dans la rue.

Cet homme chauve
d'une cinquantaine
d'années dans une
Jaguar neuve ralentit
pour laisser Nathalie
traverser la rue. Ce
qu'elle fait tout en lui
brûlant l'espace vital.
Ne parvenant plus à respirer,
il se gare alors. J'arrive.
Nathalie m'embrasse
jusqu'à ce qu'on entende
le bruit de la voiture
qui s'éloigne.

Cela me fait tout drôle de croiser dans la rue
un compagnon d'usine. On évoque, avec un brin
de nostalgie, des histoires qui datent d'hier matin.
En fait, on a hâte de filer. Il me présente enfin Jenny,
sa petite amie, pâle et maigrichonne. L'impression
de serrer une main d'enfant tout en captant au fond
de ses yeux un esprit aussi vif qu'un rasoir. Je connais
ce genre de nana qui ne dit pas un mot en public mais
dont l'opinion en privé est décisive. Il m'apprend
qu'ils vont rejoindre les autres et que je pouvais
venir aussi, si je le voulais. J'allais pour lui présenter
Nathalie, mais elle s'était éloignée de trois pas, une
façon de me dire qu'elle n'a aucune envie de passer
la soirée à discuter vis et boulons avec des types aux
ongles noirs dont le seul plaisir est de boire jusqu'à
tomber raide mort sur un plancher couvert
de cendres de cigarette. Un seul regard de Jenny a
suffi pour que je comprenne qu'elle n'a pas envie non
plus de partager, ne serait-ce qu'un bol d'oxygène
de plus, avec Nathalie. Guerre silencieuse qui
échappe toujours aux hommes habitués à tout régler
par la parole. On se serre à nouveau la main (dans
la culture ouvrière c'est par la main qu'on peut
mesurer le degré d'honnêteté d'un homme)
et chacun reprend son chemin.

Il y a toujours ce moment
de flottement quand
on ouvre sa porte.
Va-t-on trouver une fille
nue en train de nous

102

attendre comme
dans les films de
James Bond ? Mais
ça n'arrive que dans
les hôtels de luxe
avec piscine et casino.
Je me sens bien ici.

Nathalie me rejoint à la fenêtre avec deux verres
de vin et quelques baisers au cou, mais je ne suis pas
pressé. Je commence à comprendre que le plaisir
augmente quand on retarde l'action. Je sais bien
qu'il y a une différence entre la théorie et la pratique.
C'est toujours mauvais signe quand on parvient à
garder son sang-froid dans ce genre d'activité. En
attendant Nathalie semble d'humeur folâtre, ce soir.
— Le colonel est encore là.
— Quel colonel ? me demande-t-elle soudain
intéressée.
— Regarde bien la troisième fenêtre de cette maison.
— O.K., je le vois… Comment sais-tu qu'il est
colonel ?
— Il est toujours à son poste.
— Qu'est-ce qu'il fait ?
— Il regarde.
— Il attend quelqu'un ?
— Non. C'est toujours comme ça. Je suppose que
le jour où on ne le verra plus à la fenêtre ça voudra
dire…
— Espèce d'oiseau de mauvais augure… Le colonel
est encore vert.
— Tu vois, tu l'appelles déjà comme ça.

— Je ne lui vois pas d'autre nom.

Je termine mon verre et je retourne au lit. Nathalie me rejoint avec la bouteille. Coucher de soleil gratuit, vin rouge, si j'arrive à trouver un film italien à la télé, ce sera une soirée parfaite.

On frappe à la porte. Je noue une serviette autour de ma taille.

— Qu'est-ce que tu fais ? me demande l'Indien.

— Je suis dans le lit avec une fille.

— Jette-la par la fenêtre.

— Tu veux prendre sa place ?

— O.K., je reviendrai plus tard.

Je rejoins Nathalie qui trouve l'histoire très drôle.

— C'est qui ce type ?

— L'Indien.

— Pourquoi tu ne l'as pas fait entrer ?

— Pourquoi faire ?

— Je n'ai jamais fait l'amour avec un Indien.

— Tu parles d'un sandwich ! Une Blanche entre un Nègre et un Indien.

— Veux-tu me passer mon verre de vin, me fait-elle avec cette lueur sauvage dans l'œil gauche.

Nathalie se réveille au milieu de la nuit pour me parler à nouveau du Japon. Une fois qu'elle dînait à Kyoto chez des gens rencontrés au théâtre, elle a jeté un coup d'œil par la fenêtre pour découvrir que le repas dans son assiette était la copie conforme mais en miniature du jardin.

Un tel raffinement l'a laissée pantoise. Pour ma part

c'est cette sensibilité qui m'inquiète car je me
demande ce qu'elle voit quand elle me caresse.

Je me sens comme une cigarette
dans les mains d'une ex-fumeuse.
Elle a furieusement envie mais finit
par se retenir au dernier moment.
Cette frustration me procure
un plaisir inattendu.

Nathalie dort encore.
J'observe son corps
ferme de nageuse du
samedi matin à la
piscine municipale.
Elle marmonne dans
son sommeil. La souris
sous la table me fait
presque un clin d'œil.
Cette faible pluie
annule tous les autres
bruits.

On a passé la matinée au lit
à lire les dernières pages du
bref récit de Miller.
Et l'après-midi sur le balcon
à essayer de deviner le
caractère des passants rien
qu'à leur façon de marcher.
Vers six heures, elle s'est

soudain rappelée qu'elle
devait rejoindre au café
Campus une amie dont
c'est l'anniversaire.

Je mets le cap vers l'est
avec l'intention de
marcher le plus loin
possible dans cette
direction. Je prendrai
le métro pour revenir.

Je m'installe à la terrasse
de ce petit café italien, à
côté d'un cinéma où l'on
passe un film de Fellini.
De ma table je vois l'affiche
colorée de la *Dolce Vita*,
ce qui me donne envie
d'un spaghetti à la sauce
bolognaise, d'autant que
la serveuse ressemble à
Anna Magnani.

Je n'avais pas encore pris
le métro à cette heure. Ni
sur cette ligne. Intérieur
plus propre que d'habitude.
Je reconnais le parfum de
ma mère : Nina Ricci. Ces
gens vont au concert ou
au théâtre.

Le métro s'arrête
à la station Place-des-arts.
Je descends avec
cette foule parfumée
simplement
pour avoir l'impression
de faire
encore partie de ce monde.

On joue Beckett au Théâtre
du Nouveau-Monde. Je reste
debout un long moment devant
l'affiche. S'il m'arrive de me
retrouver dans son univers de
silence et de solitude, je sais
que je ne suis ni taciturne ni
désespéré de nature, comme
le sont les personnages de
Beckett. Mon unique problème
c'est de ne trouver personne
avec qui avoir une bonne
conversation à propos de l'auteur
d'*Oh, les beaux jours*.

Je trouve dans ma boîte postale,
quelque chose qui n'est
ni une facture d'électricité,
ni un catalogue de grand magasin,
ni un feuillet publicitaire
pour annoncer que le poulet est
à vingt-neuf cents la livre, non,

simplement une lettre, ce qui veut
dire que quelqu'un a pris la peine
de m'écrire.

Julie me dit, à sa manière,
qu'elle m'aime,
tout en me parlant
longuement
des premiers feux de la nature,
des écureuils du mont Royal,
et de l'automne
qui vient.

La petite souris s'est approchée
de mon lit. Je laisse glisser
ma main par terre.
Elle semble fascinée par mes doigts,
surtout mon pouce
qu'elle essaie de ronger
de ses petites dents pointues.

Un léger bruit.
La petite souris se fige.
Un second bruit
la fait fuir.
Elle se retourne
juste avant
de rentrer dans une cavité
et me regarde.
Ses yeux vifs sont
d'une insoutenable
douceur.

L'Indien est venu à la maison
et nous avons discuté
de nos clichés respectifs.
Lui, c'est l'alcool.
Moi, le sexe.

On a évoqué les filles
trop maquillées de la
comptabilité qui peuvent
vous rendre fou rien
qu'en vous réclamant des
papiers qu'elles savent
très bien que vous n'avez
pas. L'Indien n'est pas
concerné car elles sont
toutes folles de lui, ou
en ont peur. Je n'ai pas
arrêté de causer tout le
temps que l'Indien buvait.

Quelqu'un à l'usine
m'a dit de ne jamais
mentionner la forêt
devant l'Indien « si tu
ne veux pas qu'il se
mette à tout casser »
avec une fureur dont
on ne connaît pas la
source.

Après le départ de l'Indien
j'ai passé
le reste de la soirée
à observer les gens
qui déambulent
sur le trottoir d'en face.
Pour bien voir
ceux qui passent
sous ma fenêtre
il faudrait que je
me penche dangereusement.
Je me sens d'humeur
trop cafardeuse
pour taquiner ainsi le vide.

On se met en ligne pour glisser dans la petite
boîte noire une carte à notre nom et inscrire ainsi
électroniquement notre heure d'arrivée. Cette
machine n'enregistre pas les excuses, mais il y en a
au moins un chaque matin qui ne l'a pas encore pigé.
Alors il exige que la machine tienne compte de cet
arrêt sur la ligne orange qui l'a retardé. Un ouvrier
s'était jeté sous le train. Lundi n'est pas un bon jour
pour la classe ouvrière.

Un sociologue amateur
pourrait nous ranger
en trois groupes.
Ceux qui arrivent ici
en renâclant. Ceux
qui sifflotent dès que

les machines se mettent
en route. Ceux qui ont
la tête ailleurs et qui
risquent à tout moment
un accident. Je fais
partie de cette dernière
catégorie.

Les Gaspésiens sont toujours en train de raconter
des histoires à dormir debout. Tandis que
les Trifluviens rient comme des fillettes chatouillées.
Ceux de Rimouski se passent des cigarettes achetées
en contrebande. Les deux Chicoutimiens mangent
ensemble parce qu'ils ont épousé deux sœurs qui
se relaient à la cuisine. Les Saguenéens parlent
du fleuve Saguenay comme s'il n'y avait qu'un seul
fleuve au monde. Il ne reste plus que l'Indien et moi
pour compléter l'effectif de cette petite entreprise
presque familiale.

Il y a un gars
à l'usine qui n'a pas
terminé son secondaire
et qui lit tout le temps
Critique de la raison pure
de Kant.
Pour son plaisir, dit-il.

Le boss m'a convoqué
dans son bureau et a
fait des plaisanteries

avec le comptable sur
l'endurance sexuelle
des Nègres.

La secrétaire gardait
la tête baissée
tout en tentant
de griffonner des notes.
On ne voyait que sa nuque rouge.

Le boss part en Mercedes.
Le comptable en Toyota.
La secrétaire en taxi.
Et moi, je prends le métro.
Je pollue moins que les autres.
Et la secrétaire vit au-dessus
de ses moyens.
Je rentrais tranquillement
chez moi
quand j'aperçus
Julie et Nathalie
en pleine conversation
dans l'escalier.
Je ferais mieux d'aller
attendre chez l'Indien
que l'orage passe.

Le menu invariable de l'Indien.
Caribou fumé arrosé de vodka.
— Quand est-ce que tu rentres
dans ton pays ? me demande-t-il
à brûle-pourpoint.

— Je ne sais pas.
On se regarde un moment.
— C'est ça, tu laisses tes frères
en enfer pendant que tu mènes
la belle vie ici.
On a ri à se rouler sous la table.

On était dans le lit, Julie et moi, à regarder à la télé
un documentaire sur la fidélité chez les castors
(je précise tout de suite que ce n'était pas mon choix).
Le zoologiste, qui a passé sa vie à étudier
la question, racontait que cette fidélité va à un point
tel que si le mâle est stérile sa compagne choisira
de ne pas procréer. J'ai tout de suite su que
cette histoire allait réveiller quelque chose chez Julie.
— Prends ton temps, me dit Julie, je ne suis pas
pressée, tu vas m'expliquer pourquoi tu aimes
toutes les femmes ?
Je regarde sa main qui s'ouvre et se ferme.
— Je t'écoute, me fait-elle avec cet air buté
qu'elle prend pour parler de son père.
Je jette un coup d'œil par la fenêtre et me perds dans
la contemplation d'une famille de nuages en balade
dans ce ciel rose de fin de soirée. Julie s'est rhabillée
en silence. Je l'entends partir. Je n'ai rien fait
pour l'arrêter. Dans de pareils moments, je reste
toujours figé.
Elle n'a pas claqué la porte. Une telle maîtrise de soi
nécessite au moins cinq générations d'apprentissage.

Quand le temps est si gris
je suis d'une humeur

massacrante
et la petite souris sait
qu'elle ne doit m'adresser
la parole
sous aucun prétexte.

Ciel bas. Nuages noirs.
Une pluie oblique me
cingle la joue gauche.
Je traverse la ville en
évitant de croiser le
regard des gens. Ce
matin, je ne veux rien
devoir à personne.
Pas même un sourire.

Ce vieux clochard, assis sur un banc du parc, me fait
signe d'approcher.
— Ne le prends pas mal, jeune homme, c'est un
conseil.
— Merci.
— Ne me remercie pas, tu ne sais pas encore ce que
je vais te dire.
— C'est pas souvent qu'on me donne quelque chose.
Il sourit en me tapant l'épaule.
— Ne reste pas ici… C'est pas bon pour toi.
— Ici où ?
— Ici, fait-il en pointant le doigt vers le sol.
— Et pourquoi ?
— C'est un paysage hostile aux humains, me fait-il
avec cet accent rocailleux que je n'arrive pas à
déterminer.

— Vous y vivez pourtant ?

Il secoue lentement la tête.

— Je n'ai pas quitté à temps… Et maintenant c'est trop tard.

— Là d'où je viens c'est la dictature, vous savez…

Il regarde le ciel comme s'il cherchait une inspiration.

— Je sais, mais ça changera un jour… La nature est plus têtue…

— Oui mais elle tue à petit feu tandis qu'une balle à la nuque…

— Il doit y avoir une autre solution, ajoute-t-il de sa voix rauque.

J'éclate de rire.

— Cette troisième solution, on la cherche dans tous les domaines.

— Tu sais bien ce que je veux dire, fait-il gravement.

J'ai l'impression que ça fait un moment qu'il rumine ces propos.

— Vous parlez d'un climat doux mais sans dictature ? Si ça arrive, il faudra fermer la porte aux affamés.

— Ce devrait être le contraire… Vous avez un appétit de vivre qui manque ici.

— Tant qu'on ne peut pas mettre un prix dessus, on le laissera aux pauvres.

Il se tourne vers moi, et me regarde droit dans les yeux.

Prenons juste un moment
pour essayer de comprendre
pourquoi il faut aller travailler.
Je viens de perdre mon temps

car quelle que soit la réponse,
je dois me rendre au boulot dans
moins d'une heure.

Je reste assis au milieu
de la chambre.
Le corps, absent.
L'esprit, vide.
Puis, comme un animal
qui vient de flairer
un danger, je me lève
brusquement pour filer
dans la salle de bains.

Le temps
est
plus impitoyable
qu'un tigre.
Il nous lacère
de l'intérieur.

Je descends l'escalier
à toute vitesse, tôt le matin
pour me rendre à l'usine
à l'autre bout de la ville.
Me voilà remontant
d'un pas lourd
le même escalier, tard le soir.

Il ne s'est rien
passé
entre-temps,

à part cette perte
d'énergie
et de temps.

Je n'ai pas encore vu
la nouvelle voisine.
Sa bicyclette rose est
appuyée contre le mur.
Une vieille Peugeot
avec un panier à l'avant.
Elle a laissé son chapeau
fleuri dans le panier.

Je parie que c'est
une des filles
de l'autre côté du fleuve
dont la fraîcheur
fait encore sourire
les vieux citadins plus
blasés que les pigeons
du parc.

Nathalie a remarqué sur la table
le livre de Lorca
et elle s'est mise à hurler
qu'elle déteste les poètes
qui parlent toujours de fleurs
jamais de pets.

Je ne suis pas allé travailler
ce matin à cause
d'une méchante grippe.

C'est ce que j'ai dit au
téléphone à la secrétaire.
La vraie raison, c'est que
j'ai bu toute la soirée
avec l'Indien
et baisé toute la nuit
avec Nathalie.

Nathalie, qui a passé la nuit
à hurler, à crier, à pleurer,
à gémir et à me demander
d'arrêter un moment,
le temps qu'elle reprenne
son souffle,
eh bien, cette même Nathalie
s'est réveillée ce matin,
fraîche comme une rose,
alors que je n'arrive même
pas à soulever ma tête
de l'oreiller.

J'avais souvent la fièvre
dans mon enfance.
C'est un état que j'adorais.
Gorge sèche.
Corps brûlant.
Tête lourde.
Le sang qui circule plus vite
que d'habitude.
Et cette folle envie de pisser
au lit.

Nathalie m'a fait boire
une soupe chaude,
m'a nettoyé délicatement
le corps avec une serviette
mouillée, et m'a fait ce
mystérieux sourire
au moment de franchir
la porte.

C'est une journée parfaite
pour lire
La Princesse de Clèves et
faire un tour
à la cour des Valois.

J'ai croisé le vieux de l'étage
dans l'escalier
habillé de pied en cap
avec chapeau et canne
qui descendait chercher
son courrier.

Je pensais que c'était Nathalie qui revenait
prendre soin du malade. Sachant que la fièvre jouit
d'un grand prestige auprès des femmes,
je me suis glissé tout de suite sous les draps avec
les gémissements appropriés. C'est plutôt le parfum
de Julie. Elle est en bleu, chaussures comprises.
Elle revient d'un rendez-vous avec son directeur
de thèse. Rapide coup d'œil sur les deux bols
de soupe. Au lieu d'une scène, elle s'est contentée

de prendre ma température, puis de m'entourer
d'oreillers comme pour un maharadja des Indes.

Je ferme les yeux
pendant que Julie chante
sur le balcon
en épluchant une orange.
Je me demande encore pourquoi
elle n'a pas voulu saisir
le message des deux bols
sur la table.
Est-ce parce que la jalousie
dédaigne les faits et
se manifeste
quand elle veut ?

On m'avait dit un jour
qu'il n'y avait pas de prescription
pour ce genre de crime
et que la scène évitée
aujourd'hui
peut éclater dans un mois
comme dans un an.

Julie m'a emmené sur le mont Royal
ramasser des feuilles jaunies
et donner à manger
à des écureuils blasés.
J'ai fait tout ça en pensant
que je dois travailler
douze heures demain.
On a une grosse commande

de l'Ontario
qu'il faut livrer avant vendredi.

La partie ensoleillée de ma vie
se passe entre une fleuriste
et une étudiante en littérature.
L'autre côté, plus sombre,
avec des types qui se cassent
la gueule régulièrement après
le match de hockey du samedi
soir. Il y en a toujours un qui ne
rentre pas le lundi suivant, ayant
reçu une bouteille de bière
à la tête. Et une qui me quitte
en oubliant sa brosse à dents,
signe que cette histoire n'est
pas terminée.

Les gens partent,
reviennent
avec ou sans motif
et me trouvent
toujours
à la même place.

J'ai deux vies parallèles
et ça finit
par coûter trop
cher en énergie
comme en finances.
La seule façon
de m'en sortir c'est

d'en ajouter
une troisième.

Julie c'est pour le cœur.
Nathalie, pour le sexe.
Il me faut vite quelqu'un
pour l'argent.

Me voilà sous le porche de
cette maison inconnue à
attendre que la pluie cesse.
De temps en temps, je sens
bouger les rideaux derrière
moi. Un large visage affable
me fait signe d'entrer. Je la
vois parfois à la buanderie
du coin.

Je sors de la salle de bains
et trouve la grosse femme de
la buanderie étalée sur le lit.
Elle regarde le plafond en
souriant. Cette montagne de
chair fraîche et propre
lance de petits cris de souris
quand elle jouit.

Baiser me rend affamé, ce qui n'est pas le cas
de la grosse femme de la buanderie qui me regarde
manger en souriant. C'est assez rare que je fasse
l'amour ailleurs que dans ma tanière depuis que
cet avocat new-yorkais m'a conseillé de ne jamais

me trouver nu avec une Blanche sous son toit
car on risque une accusation de viol et de vol avec
effraction, donc un minimum de vingt-cinq ans
de prison. Et si cela se passe chez moi ? Mon pauvre
ami, me fait l'avocat avec un doux sourire,
que viendrait faire une Blanche chez toi ?

Julie m'a donné rendez-vous,
ce soir, vers huit heures,
pour discuter de notre relation.
Pas question de la toucher
sans qu'elle m'accuse
de m'intéresser trop
à son corps
et pas assez à son esprit.

Mais son
corps
me fait
perdre l'esprit.

Ce n'est pas que je pense
spécialement à faire l'amour
avec Julie
mais cette façon qu'elle a
de se refuser
à moi me rend dingue.

La petite souris
montre le bout
de son nez
à l'instant.

Je lui coupe de
petits morceaux
de fromage
qu'elle grignote
sur la table.

Julie n'y a pas été par quatre chemins.
— Est-ce que tu m'aimes ?
— Oui, je réponds.
— Pourquoi ?
— J'ai plusieurs raisons…
— Une seule suffira, dit-elle d'une voix sèche.
— D'abord, tu m'aimes…
— Tu m'aimes parce que je t'aime ?
— Tu es gentille aussi…
— Tu m'aimes parce que je suis gentille ?
— Je ne suis pas habitué à ce genre d'interrogatoire.
— Je veux savoir ce que tu penses vraiment de moi.
— Ce que je pense de toi ?
— Oui. (Ton ferme.)
— En ce moment ?
— Tout le temps.
— En ce moment, j'ai envie de faire l'amour avec toi.
— Ce n'est pas de ça que je parle.
— De quoi parles-tu ?
— Je parle de l'amour.
— J'ai envie de faire l'amour avec toi.
— Et ça veut dire quoi ?
— Ça veut dire ce que ça veut dire.

Elle est partie sans un mot.
Toute la nuit j'ai attendu

le jour.
Je ne pensais pas qu'elle
pouvait me manquer
à ce point.

Je ne comprends pas ce qu'elle veut
dire quand elle évoque l'amour.
Dieu seul sait que j'y pense
depuis deux jours.
Je nage en pleine confusion.
C'est Julie maintenant que je désire,
mais c'est à Nathalie que je pense.

L'Indien est venu chez moi
et n'a pas desserré les lèvres
de toute la soirée.
— Ça fait trop longtemps
que je n'ai pas tiré un coup,
fait-il en partant.

L'Indien m'a emmené vers
sa vieille Chevrolet garée
dans la ruelle sombre et a
sorti de sous le siège avant
un long couteau qu'il m'a donné,
avec ce sourire carnassier qui
donne froid au dos aux hommes
et fait frémir de plaisirs anticipés
les femmes.

J'ai touché légèrement cette dame
au bras pour lui rendre

la boucle d'oreille
qu'elle venait de perdre
à l'instant.
Elle a eu un haut-le-corps
en me voyant.
Quel monstre a-t-elle repéré en moi
que j'ignore ?

Quand je raconte cette histoire,
à l'usine, mes copains rigolent.
Mais, tu exagères, me dit-on,
ces choses-là n'existent plus
en 1976.
Quelle étonnante façon
de dater les comportements
humains ! Et je ne comprends
toujours pas pourquoi le fait
d'être en 1976 pourrait
rendre caduque l'un des plus
vieux réflexes humains : la
peur de l'étranger ?

On doit admettre qu'il y a
eu des progrès techniques
et même des progrès politiques,
si minimes soient-ils,
mais du côté des émotions,
on n'a pas trop bougé.

Pourquoi les gens ont-ils toujours
la même réaction devant le racisme ?
Comme devant le sexisme, d'ailleurs.

D'abord le nier.
Ensuite, vous faire passer pour un
paranoïaque.
Enfin, vous plaindre.

Ce n'est que vers la fin d'octobre
que j'ai appris cette vieille règle.
Ne jamais se plaindre du racisme
si tu ne veux pas être perçu comme
un être inférieur.

Les gens croient
que la victime
mérite son sort
et que la
souffrance
(celle des autres)
est inhérente à la vie.
C'est cette drogue
que vend
toute religion.

La secrétaire du boss porte
une robe jaune plus courte
que d'habitude.
Ses cuisses sont énormes
mais fermes.
Je remarque qu'elle a
de tout petits pieds
dans de jolies chaussures
mauves.

Je suis toujours attiré par
les femmes qu'il faut aller
chercher jusqu'au fond du
puits parce qu'elles ne
pensent pas qu'on puisse
les trouver désirables.
C'est exactement ça qui m'attire
chez elles.

Des fois, je rentre
du travail
et ne prends
même pas la peine
de souper.
J'allume la télé
pour m'endormir
trente secondes
plus tard.

J'ai essayé d'arranger
quelque chose entre
ma voisine et l'Indien.
Elle m'a fait comprendre
par un léger sourire
que les hommes ne
l'intéressent pas.

— T'es arrivé en retard, Vieux,
me dit l'Africain,
car il y a à peine cinq ans,
on pouvait rencontrer le Premier
ministre au coin de la rue

et l'inviter à prendre un café
au bistrot en face.

Les feuilles tourbillonnent
dans l'air.
Les jours raccourcissent.
Les visages s'allongent.
Novembre emporte nos
dernières illusions.

De tous les mois
novembre est celui
que Julie préfère.
— J'aime être triste,
dit-elle tout bas.

J'aime le mois d'avril.
La couleur jaune.
Les ciels étoilés.
La mer turquoise.
Les hibiscus en fleurs.
Et les jeunes filles tristes.

Julie danse pieds nus
sur le plancher sale
de la cuisine.
Je suis assis avec un
verre de vin.
Le soleil rouge dans
l'encadrement de la fenêtre.
Une tristesse chic.

Elle s'écroule sur une chaise
avant d'enlever
ses boucles d'oreille
qu'elle dépose d'un bruit sec
sur la table tout en
me faisant signe de lui servir
un verre de vin rouge
qu'elle boit en trempant
sa langue dedans.

Je regarde ses fines chevilles
en pensant que cette fille
est faite pour courir
dans le désert
et je relève la tête
pour croiser son long
regard oblique d'antilope.

Elle a surpris mon œil
de prédateur.
Tout se fige.
Le premier qui bouge
déclenchera l'action
mortelle.

Son corps a frémi.
J'ai bondi.
Elle a filé.
Je l'ai rattrapée à la porte.
J'ai courbé sa nuque,
soulevé sa robe,

et je l'ai prise par derrière
malgré ses cris.

La sueur le long du dos.
La bouche ouverte.
Les mains aveugles cherchant
à s'agripper quelque part.
Le cœur bondissant.
Sexe et cœur enfin emmêlés.

J'ouvre la fenêtre pour voir
la neige couvrir toute la ville.
Julie dort encore. Je devine
son corps nu sous les draps.
Une odeur de café sur l'étage.
Je me glisse contre elle pour
embrasser sa nuque légèrement
en sueur. Elle me sourit dans
son sommeil.

Je retourne à la fenêtre.
Ma première tempête de neige
à vingt-trois ans.
C'est plus impressionnant
que la mer
mais moins émouvant.

Ce n'est pas toujours simple pour
celui qui vient d'un pays d'été
où tout le monde est noir
de se réveiller dans un pays d'hiver

où tout le monde est blanc.
Certains jours on ne voit les choses
qu'en noir et blanc.

Du lit je regarde Julie s'habiller. Elle se retourne
de temps en temps vers moi pour me faire un clin
d'œil complice exempt de toute sensualité.
Son corps lui est revenu. Des muscles souples.
Une mécanique bien huilée qui lui permet de bouger
à sa guise. Des gestes précis. Hors d'atteinte des
sortilèges du désir. Elle attaque le matin avec un franc
sourire. Je me rassois pour lui attacher
le soutien-gorge. De son minuscule sac à main
elle sort une petite robe noire qu'elle enfile
d'un mouvement vif et gracieux, puis court retrouver
son père qui l'attend pour déjeuner dans un pub
du centre-ville.

Chaque fois qu'une fille
quitte cette chambre,
j'ai l'impression qu'elle
emporte avec elle toute
l'énergie qui m'habite.
Je reste couché, à regarder
le plafond, en attente
d'être rechargé comme
une pile électrique.

Quelque part, le froid,
même le froid est supportable,
ce que je ne peux pas tolérer,
ce sont les arbres nus.

Il me semble que c'est la forme
que prend la mort
pour manifester sa présence
parmi nous.

Je vais manger chez l'Algérien, à deux pas d'ici.
Un couscous royal avec poulet, merguez, et agneau.
Des légumes baignant dans une sauce à la tomate.
Je m'assois près de la fenêtre. Le restaurant est
presque vide. Le propriétaire vient prendre le thé avec
moi. On cause d'Haïti et d'Algérie. De l'exil et de la
nostalgie. La nostalgie, c'est plutôt son rayon. À partir
de ce moment, il a pris le crachoir pour me raconter
en détail sa vie là-bas, son départ, ses tentatives
de retour. On vient l'appeler pour un problème
à la cuisine. En partant, il a ramassé l'addition que
la serveuse venait de déposer près de mon coude.

Je trouve le vieux de l'étage
assis près de la fenêtre,
la canne entre les jambes
et l'air perdu.

Nathalie pousse un cri.
Elle vient de voir une souris
sur mon dos.
Je reprends mon calme
pour lui expliquer que
la petite souris a l'habitude
de se promener sur moi
quand je fais la sieste.

J'ai passé l'après-midi
à rassurer Nathalie, à
boire de la vodka, et à
essayer de faire comprendre
à la souris, bien sûr après
le départ de Nathalie,
qu'elle est ici chez elle
et qu'elle n'a pas à avoir
peur comme ça.

La concierge m'invite à réveillonner chez elle. Sa sœur
reste couchée sur le divan avec une forte fièvre. Il y a
de la nourriture pour une dizaine de personnes alors
que je suis l'unique invité. Cela tombe bien, j'avais faim.
Elles ne sont pas le genre à vouloir faire la conversation
à tout prix. La concierge me regarde manger, en
souriant, ce repas savoureux dont elle a trouvé
la recette dans un vieux livre de cuisine antillaise.

Ce n'est que maintenant
que je prends conscience
que cette femme de soixante-dix-huit ans
qui ignorait tout d'Haïti
avant de me connaître
sait aujourd'hui qui est Duvalier
et même combien coûte
la livre de riz au marché de
Port-au-Prince.

La nuit tombe vite
au début de l'hiver.
Je reviens du travail

sans avoir vu le soleil.
Et demain je ne verrai
pas plus ce soleil qui
se pavane tout le temps
que je suis au trou.
Le trou, c'est ainsi que
mes collègues, dont
certains ont souvent
séjourné en prison,
appellent la salle des
machines.

Une vieille femme attend
l'autobus au coin de la rue.
De temps à autre, elle me
jette un regard aigu. Je
m'approche d'elle pour
l'entendre chanter tout bas
en créole.

Quand les nuits d'hiver
sont longues,
c'est à la souris que je raconte
mes angoisses.
Elle aussi a ses propres
problèmes.

J'écris à ma mère
au début de février
pour lui faire part
que je vis dans un
réfrigérateur

avec six millions de gens.
Certains sont dans
le congélateur.

J'ai expliqué à l'Indien qu'au moment de l'arrivée
de Colomb, en 1492, il y avait plus d'un million
d'Indiens en Haïti. Parce qu'ils ne supportaient pas
le travail pénible et les mauvais traitements et
qu'ils mouraient en grand nombre, les Blancs sont
allés chercher les Nègres en Afrique pour faire
le boulot à la place des Indiens.
— Et là, mon vieux, on est aujourd'hui dans cette
pièce à prendre une bière ensemble.
Son plus long commentaire depuis qu'on se connaît.

J'entre dans l'appartement.
Je ferme la porte,
tire une chaise
et m'assois, le front contre la porte.
La plus haute solitude.

La secrétaire du boss, celle
qui a des fesses de Négresse,
comme dit le comptable,
s'est approchée doucement
derrière moi pour me souffler
dans le cou.

Je suis assis dans l'autobus et,
brusquement, sans raison,
je me demande si ma vie aurait
été différente si j'avais été

un Blanc. Aucunement, à voir
toutes ces gueules abruties
par la fatigue autour de moi.
Une demi-bouteille de rhum
au pied du lit. Un Colombo à
la télé. Un spaghetti sur le
feu que je mangerai au lit
en regardant la télé. Et Julie
qui va arriver d'un moment
à l'autre. Ce n'est pas l'enfer
tous les jours dans la classe
ouvrière.

Julie s'est mise à pleurer quand je lui ai demandé
de se tourner sur le ventre et de soulever légèrement
les fesses. Elle a dit que c'est parce que je ne l'aime pas
que j'exige d'elle une pareille chose. Ce qui s'annonçait
comme une sieste crapuleuse s'est poursuivi par une
interminable conversation sur les interdits sexuels.
Je ne connais qu'un seul interdit, lui dis-je, c'est si tu
n'aimes pas. Pour elle certaines choses sont sales.
Mais sont-elles sales si ça te plaît ? Ainsi de suite
pendant trois heures. Pourtant elle n'a même pas été
baptisée. Elle a passé son enfance dans une commune
à la fin des années soixante. Le catholicisme ne lâche
pas facilement sa proie. Cette fois-ci, il aura en face de
lui le vaudou.

Je ne me sens pas plus
vaudouisant que Julie catholique.
Sauf que là où le christianisme
ne déclenche tout au plus

137

qu'une simple moue,
le vaudou, en touchant à
des zones primitives de notre
sensibilité, finit par provoquer
des réactions incontrôlables,
particulièrement chez ces
étudiantes qui choisissent
de faire leur thèse en littérature
africaine ou caribéenne.

J'entends claquer la porte.
Je ferme les yeux.
Je ne peux pas me permettre
de perdre Julie.
Ma flamme vacillante
au bout
de ce long tunnel
de glace.

De mon lit,
je regarde
cette chaussure
verte
au milieu du couloir.
On dirait
qu'elle luit
dans la pénombre.

J'ai marché
dans le froid
jusqu'à ce que

j'eusse assez chaud
pour enlever
mon manteau.
Mais qu'est-ce qui
m'a pris tout à l'heure
de parler de vaudou
dans une discussion
sur le sexe ? Sinon
je sentirais encore
contre moi
le corps chaud de Julie.

Un homme du Sud
dans une tempête
de neige
vit le drame
d'un poisson
hydrophobe.

— T'es arrivé en retard, Vieux,
me dit l'Africain.
Il y a à peine cinq ans
on pouvait facilement
trouver un petit village
qui n'avait jamais vu
de Nègre et passer pour
un sorcier lare.

Quand on regarde, la nuit,
la glace lumineuse
sur les branches des arbres

qui ploient légèrement,
ce n'est plus une ville,
mais une féerie.

Pour voir les canards
dans le lac
il faut traverser
le parc en diagonale
en laissant
des traces de pas
sur la neige immaculée.

J'aime le bruit
des talons hauts
sur le trottoir
quand le froid
est aussi sec
et qu'une mince
couche de glace
recouvre le sol.

Il fait moins trente-deux. Je donne mon adresse
au chauffeur de taxi.
— À quel étage ? me demande-t-il brusquement.
— Troisième étage, appartement 12.
La voiture n'a eu aucun mal à grimper l'escalier pour
me déposer devant ma porte. Une griserie étrange
comme si j'étais resté un brin trop longtemps dehors.
En fait, je ne sais pas trop comment j'ai fait pour me
retrouver dans ce lit où Julie est bien absente.

La bouteille vide de vodka par terre
doit être pour quelque chose
dans le fait que je sois encore vivant.
Car les dieux du vaudou
ont trop peur de l'hiver
pour oser m'accompagner
dans une balade nocturne.

Dans ma petite chambre :
en plein hiver
je rêve à une île dénudée
dans la mer des Caraïbes
avant d'enfouir
ce caillou brûlant
si profondément
dans mon corps
que j'aurai
du mal
à le retrouver.

La secrétaire du boss me frôle.
— Ce soir, tu me files la grosse veine.
Je continue mon boulot comme
si je n'avais rien entendu.
Son parfum lourd et insistant
m'a étourdi durant tout le reste
de la journée.

Je pense dans l'autobus
à ce poème d'Émile Roumer
qui parle d'une femme dont

les fesses sont comme
« un boumba chargé de victuailles ».

Je ne fais plus la différence
entre manger et faire l'amour.
Les deux activités exigent
le même appétit et procurent
un pareil bien-être physique.
Les mères le savent. Est-ce
pourquoi elles comparent
la force du sentiment amoureux
à la capacité de manger ?

Il n'a pas arrêté de neiger
depuis hier soir.
Les voitures roulent
dans un bruit mou.
Je passe la matinée au lit
à lire Borges en buvant
du thé brûlant.
L'usine peut attendre.

La secrétaire du boss est
venue chez moi manger
du porc à l'aubergine.
J'ai ensuite sorti la bouteille
de rhum qu'on a terminée
en causant de tout et de rien.
Ce n'est que fort tard
dans la soirée
qu'on s'est dirigés vers la chambre

pour passer aux choses
sérieuses.

La voilà qui se déshabille
lentement
dans le couloir
tout en s'avançant
vers moi.
J'aime tout ce qui
bouge chez elle :
la langue rose,
les seins pleins
et les formes bombées.

J'ai passé la nuit à errer
autour de ses fesses
sous la lumière blafarde
de la lune pour
finalement plonger,
la tête la première,
jusqu'au fond du puits,
là où la lune ne luit
jamais.

Au moment de l'orgasme,
je me suis surpris à parler
créole : « Ou douce,
ti manman, ou douce cou
sirop miel. » Elle m'a jeté
ce regard fiévreux avant
de m'embrasser tendrement.

Au matin.

— On voit pourquoi tu as froid tout le temps, me dit
la secrétaire du boss en me nouant son beau foulard
rouge autour du cou.

— Merci.

— Il faut s'habiller chaudement… Tu n'es pas en
Haïti.

— Je sais.

— Tu ne te sens pas bien ici ?

— Disons que je préfère encore geler que pourrir
dans une prison infecte.

— J'aime quand tu es lucide comme ça, dit-elle en
m'embrassant au cou… Je sens que tu as quelque
chose dans le ventre, toi.

Je me suis recouché après son départ.

La radio vient d'annoncer moins quarante.
L'impression d'être dans une
prison de glace. Je rentre sous
les draps, rêvant de me retrouver
sous les tropiques.
L'animatrice lance en rigolant
qu'il fait tellement froid ce matin
qu'on devrait donner une prime
aux immigrés qui restent.

La ville est livrée aux bêtes.
J'ai croisé deux renards,
une loutre,
trois phoques,
et même une zibeline,

144

devant la bijouterie Birks,
rue Sainte-Catherine.

La plus grande énigme,
c'est le fait
que les gens acceptent
de passer toute leur vie
sous ce climat
quand l'équateur n'est pas
si loin.

Les oiseaux qui ont déserté
ce ciel pourtant d'un bleu uni
et ce soleil éclatant
semblent avoir compris
une chose si simple
qu'elle nous échappe :
filer au sud pour échapper
au froid du nord.

Le feu n'est rien
à côté de la glace
pour brûler un homme
mais pour ceux qui
viennent du sud,
la faim peut mordre
encore plus durement
que le froid.

La grosse femme de la buanderie est arrivée avec
deux sacs de provisions : sucre, sel, pommes

de terre, steak, yogourt, riz, tomates, laitue, huile,
carottes, raisin, oranges. Elle range tout dans
le réfrigérateur et dans les placards de la cuisine.
La voilà en sueur à la fin. Elle va prendre
une douche avant de venir me trouver
dans le lit où je lui fais l'amour calmement en pensant
que ce n'est pas ce mois-ci que je mourrai de faim.

Couché dans le lit,
je regarde la grosse
femme de la buanderie
s'habiller en souriant.
Sa chair est aussi généreuse
que son cœur.
Un Botero chez moi.

J'écoute la grosse femme
de la buanderie
descendre l'escalier.
Ses pas lourds croisent
ceux, précipités,
de Nathalie.

Nathalie entre en coup de vent dans la chambre.
— Je parie que tu n'as pas encore regardé dehors.
— Qu'est-ce qu'il y a à voir ?
— C'est magnifique ! Viens, je vais t'apprendre à
skier.
— Écoute, depuis huit générations, c'est le plus loin
que je puisse remonter, aucun homme n'a jamais skié
dans ma famille.

— Qu'est-ce que tu racontes ? Tu es fou ?

— Je connais un autre jeu, dis-je sur un ton lourd de sous-entendus.

— Je veux aller dehors.

Je ne bouge pas du lit.

— Si tu promets qu'on ira faire du ski après…

— Tout ce que tu veux, bébé, mais déshabille-toi vite et viens jouer sous les draps avec moi.

— À quel jeu joue-t-on ?

— Tu connais celui de la bête à deux dos ?

— Tu me promets qu'on sort après ?

— Tout ce que tu veux pourvu que …

Elle me couvre la bouche de sa main. Je me sens comme un enfant oublié dans une confiserie.

C'est là que j'ai compris qu'on ne manquait pas, sous la dictature, uniquement de pain et de liberté, mais aussi de sexe.

Et si le froid était la porte
d'entrée dans ce nouveau
monde ? Je me demande
ce que je trouverai de l'autre
côté. Et combien de temps
durera cette initiation à la
glace ?

Je lis tout en buvant
du thé chaud,
soir d'hiver,
le poème où Nelligan écrit
avec une ardeur romantique :

« Ma vitre est un jardin
de givre ».

Je grimpe l'escalier du Soleil Levant.
— Règle d'or, me dit sans préambule Doudou Boicel,
on ne quitte jamais une femme en hiver.
— Pourquoi ?
— J'ai fait l'erreur de quitter la mienne au début de
janvier et, depuis, je me gèle les couilles.
— Dans ce cas, on se trouve une autre femme, je fais
naïvement.
— Ici, mon petit, dès la fin d'octobre tout le monde
est casé, et il faut attendre le printemps prochain
quand tu passes ton tour.

J'ai croisé,
ce matin
un long Sénégalais
dans un boubou
fleuri
gonflé comme
une montgolfière
par le vent
froid du mois
d'avril.

Tous ces visages
douloureux
que je croise
dans la rue.
C'est qu'au début
du printemps

le moindre flocon
est un
supplice.

J'ai rencontré dans l'autobus
Maria que je n'avais pas vue
depuis longtemps.
Elle avait l'air gênée de me
revoir dans ce manteau sale.
Malgré tout, elle a été très
gentille avec moi.
Comme on l'est avec un chat
trouvé sous la pluie.

Hier soir, Julie était déchaînée.
Dans quel monde vivons-nous
si même les filles bien se
mettent à avoir de tels appétits
sexuels. Elle a dit, en souriant,
que c'est uniquement parce
qu'elle sait que les hommes
aiment les femmes de ce genre
qu'elle se comporte ainsi.

Cela fait trois jours que
je mets sous le lit
une soucoupe de lait
pour la souris
et qu'elle la dédaigne.
Ce soir, j'essaierai
du fromage.

Dans la vitrine de cette librairie : le nouveau
Bukowski. Quelques clients attroupés, à l'entrée,
devant les tables couvertes de best-sellers bariolés.
Le recueil de Bukowski parle des mêmes quartiers
minables de Los Angeles, des mêmes filles aux seins
flasques, des mêmes beuveries, des mêmes courses
de chevaux, des mêmes parieurs aux visages cendrés,
des mêmes désaxés que la société a jetés vingt fois à
la poubelle. Pourtant, ça marche d'enfer, je le dévore
et j'en redemande. Qu'on ne s'avise pas de changer le
menu ! Je veux du Buk.

La moitié des gars
de l'usine
étaient torse nu
à cause de la chaleur
épouvantable
quand cette fille
est arrivée
comme une allumette
dans une main
criminelle.

Elle est
longue
et
blonde
avec
une
toute
petite

bouche
rouge.
C'est la fille du boss.

Elle s'est promenée librement
dans la cage aux fauves pendant
une bonne demi-heure avant
que l'Indien (j'ignorais qu'il était
de retour) ne surgisse devant
elle avec le sourire du chasseur
qui sait que cette proie ne lui
échappera pas. Le type qui
travaille à côté de moi a murmuré
comme pour lui-même : « Elle n'a
aucune chance. »

On a repris le boulot.
Une heure plus tard tout
était rentré dans l'ordre.
Les machines ronronnaient.
Et les gars dégoulinaient.
Dehors le printemps est
enfin là. On me conseille
de ne pas vendre trop vite
la peau du froid. La guerre
n'est pas terminée.

Après le travail, l'Indien
m'invite à prendre un verre
dans sa piaule
de la rue Hochelaga.

Avec une caisse de bières
sous la table, la soirée
s'annonce longue.
L'Indien descend bière sur bière.
J'essaie de tenir le coup.
C'est sûr qu'on manquera
de munitions
dans une heure ou deux.

J'ai senti une présence
dans mon dos
et me suis retourné
vivement pour voir
la fille du boss
debout derrière moi.

Elle s'est assise, un moment,
sur l'Indien.
Sa jupe déjà courte
remontait jusqu'à la naissance
de ses maigres cuisses.
Elle ne m'a pas jeté
un seul regard.
L'Indien est allé pisser
et elle l'a suivi.
Un boucan dans les toilettes.
J'ai pris le temps
de descendre trois ou
quatre bières avant
de partir.

Tout est plus rapide ici
que dans ma vie d'avant.
Sauf pour mourir.
Sur ce point on a, là-bas,
une longueur d'avance
sur tout le monde.
J'ai rencontré Vicky à nouveau
dans le parc. On s'est rappelé
la petite mésaventure du resto.
Sa technique, comme je l'avais
deviné, c'était de filer aux toilettes
au moment de payer l'addition.
La mienne c'était de partir tout
bonnement. Personne n'avait
osé lui faire ce coup auparavant.
On a ri comme des vétérans d'une
guerre si longue qu'on finit par
partager les mêmes souvenirs.

J'ai profité de cette trêve, avec Vicky, pour avoir
quelques tuyaux à propos des filles d'ici, car je ne
comprends pas toujours ce qui se passe. Là-bas
on doit faire jouir une fille jusqu'à ce qu'elle perde
connaissance. C'est ça notre idée d'une saine relation
sexuelle. Ici, ça semble être le contraire. Celui qui
domine c'est celui qui jouit d'abord, laissant l'autre
insatisfait. C'est ce que me résume Vicky. En Haïti,
la première guerre se passe entre le peuple et le
dictateur (ensuite il faut trouver à manger). Comme il
n'y a pas de dictateur ici, l'esprit n'est occupé que par
cette seule guerre entre l'homme et la femme. Vicky
m'écoute attentivement sans toutefois acheter mon

petit boniment. Elle sait qu'elle ne doit jamais baisser les armes en face d'un homme. Ceux qui n'ont pas l'arme persuasive de l'argent possèdent celle du discours. Son arme à elle c'est de donner mauvaise conscience à l'autre. Une technique qui a fait ses preuves, sauf que ça ne peut marcher avec un type qui vient d'ajouter l'exil à la dictature. Deux drames d'un coup, sans compter le fait d'être noir, le rendent blindé à la manipulation, tout en faisant de lui un maître manipulateur.

C'est une sensation bien illusoire
que de se croire seul
quand on traîne
derrière soi
une longue lignée de gens
qu'on ne risque plus de
croiser le jour
mais qui continuent à s'agiter
dans notre mémoire
et à se manifester dans nos rêves.

Il y a un autre point que je n'ai pas discuté avec Vicky car j'ai mon orgueil. Je ne suis pas habitué au fait que les filles peuvent avoir des désirs. Et surtout qu'elles le montrent sans détour. Dans cette nouvelle jungle, rien n'est fixe. Il arrive que la proie change de place avec le chasseur, et cela sans concertation. Je me demande ce que l'on ressent à se faire dévorer ainsi, comme je l'ai souvent vu dans les documentaires à la télé sur la nature. Que se passe-t-il quand le tigre atteint l'antilope ? Aucune

morale ne peut comprendre, ni surtout juger,
un pareil moment.

Je suis passé, après le boulot,
à la rue Hochelaga pour
trouver l'Indien affalé sur le lit.
Des bouteilles de bière vides
partout dans la chambre. J'ai
éteint la télé avant de ramasser
cette bouteille qui avait échappé
au massacre en roulant dans un
coin de la cuisine. Et je l'ai vidée
d'une traite.

Dernier regard
avant de refermer
la porte sur le tigre
épuisé d'avoir couru
toute une nuit.
En descendant l'escalier,
je croise l'antilope
qui remonte vers la tanière
avec du café chaud
et des croissants.

Au boulot, cela ne va pas trop bien. Chaque fois que
je parviens à comprendre un peu plus mon travail,
on m'envoie dans un nouveau secteur. Je n'arrive pas
à bien saisir le but d'une pareille démarche. Est-ce
pour m'abrutir ou est-ce parce que mon boss est
un abruti fini ? Quand j'en parle autour de moi,
on me répond que c'est normal puisque je

ne raconte jamais d'histoires de pêche ou de chasse.
Tu lis tout le temps, me dit ce type, et on s'attend
à tout moment à ce que tu te tires. Pourtant je suis
toujours présent alors que la moitié de l'usine ne rentre
pas le vendredi. Dès qu'ils reçoivent le chèque
le jeudi, ils filent le boire à la taverne. C'est vrai,
me répond-on, mais on sait aussi qu'ils reviendront
dès qu'ils auront tout dépensé, alors qu'il est clair
que tu ne feras pas long feu parmi nous. Pourquoi ?
Un homme qui lit ne reste pas à l'usine. Et lui
(j'indique le lecteur de Kant) ? Il aura le temps
de mourir trois fois avant de finir ce livre.

Il faisait si chaud ce matin que
j'ai remplacé le manteau par
un gros chandail.
« Attention, l'hiver n'a pas
dit son dernier mot », me glisse
ce vieil immigré guinéen,
blanchi sous le harnais, qui
attendait l'autobus. Il m'a
conseillé de ne pas ranger
mon manteau et mes bottes.

On vit l'hiver étrangement. On l'annonce deux mois
avant. On le subit en silence pendant six mois. Et
quand il est enfin parti, on vous menace de son retour
imminent. L'hiver se retrouve au cœur de la question
identitaire. On l'utilise parfois pour intimider
le nouveau venu. D'autres fois, on le revendique pour
proclamer sa spécificité culturelle. On se reconnaît

donc dans ce vers : « Mon pays, ce n'est pas un pays,
c'est l'hiver. »

Le comptable est venu me
demander d'avertir les deux
Haïtiens qui travaillent au
département de nettoyage
qu'ils doivent s'arrêter pendant
l'heure du lunch. « Ils ne
comprennent pas qu'on mange
aussi », fait le comptable avec
un petit rire de gorge.

J'ai expliqué tout ça en créole
aux deux Haïtiens qui m'ont
regardé sans rien dire. Quand
j'ai insisté, ils ont souri avant
de se remettre au boulot. Je
suis retourné voir le comptable
pour tenter de lui faire comprendre
que leur régime alimentaire est
peut-être différent du nôtre,
il m'a simplement répondu qu'ils
seront renvoyés s'ils refusent de
manger à la pause.

Ils n'adressent la parole
à personne.
Ils communiquent entre eux
par signes.
On ne les a jamais surpris en train
de manger.

C'est la secrétaire du boss qui,
la première, m'a parlé
de zombis.

Ce sont deux frères,
Joseph et Josaphat,
des paysans du nord-est
d'Haïti qui ont tout vendu
pour venir à Montréal.
Quelqu'un leur a dit
que s'ils ne travaillent pas
comme des bêtes on les
renverra chez eux.

Ils n'ont pas voulu me dire le nom de la personne
à qui ils doivent verser la moitié de leur salaire
hebdomadaire. Je leur donne pourtant six mois pour
s'adapter, un an pour connaître la ville comme
le fond de leur poche, deux ans pour s'acheter
un taxi, cinq ans pour faire venir toute leur famille
à Montréal-Nord et quinze ans pour monter
une affaire : Joseph et Josaphat Inc.

Quelques flocons dansent
dans l'air
avant de se déposer
doucement
sur le toit des maisons
et des voitures.
Comme sur nos paupières.

S'il n'y avait pas
les cris des enfants
en train de glisser,
sur des toboggans
dans les cours d'école,
en attendant l'autobus jaune
qui les mènera chez
eux, on se serait cru dans
une ville minière
abandonnée.

Je me souviens encore
de la folle excitation qu'a
suscitée, chez mes voisins
(et dans les médias aussi),
la première tempête de
neige de l'année. J'ai été
impressionné par le fait
qu'on pouvait être autant
fasciné par une chose qui
revient chaque année pour
durer si longtemps.

À la télé, la fille de la météo s'est longuement excusée
pour n'avoir prévu que cinq centimètres de neige
quand on en a eu cinquante à la fin du mois
de mai. On ne parle que de ça. Les nouvelles
du reste de la planète peuvent attendre un jour ou deux.
Chaque nouvelle figure qui surgit à l'écran se fait
un devoir de commenter la tempête, parfois pour se
moquer de la fille de la météo. Si la première tempête

provoque une euphorie dans la ville, cette dernière
pousse les automobilistes, qui ont déjà changé leurs
pneus d'hiver pour des pneus d'été, à des explosions
de colère totalement incontrôlables.

L'Indien n'est pas venu
travailler ce matin. Ça lui
arrive souvent le lundi.
J'ai le pressentiment
qu'on ne le reverra plus.
La chaleur est revenue
et cette fois pour de bon.

Le corps veut
se déshabiller
et l'on découvre,
étonné,
sous la tonne
de chandails
les plus belles
filles de seize ans
du monde.

Une fille passe,
je me retourne.
Une autre passe,
je me retourne.
Une troisième passe,
je me retourne.
Finalement, je m'assois
pour les regarder passer.

Il faut avoir traversé
l'enfer de l'hiver
pour connaître
la fièvre du printemps.

L'espace entre le printemps
et l'été
semble aussi mince
qu'une feuille d'érable.

Je suis descendu jusqu'au
centre-ville voir onduler
la forêt humaine.
Des arbres qui marchent.

Rue Saint-Denis.
Près du square Saint-Louis.
On croise toute une faune
de jeunes hippies nomades,
vendeurs de chiens,
stripteaseuses en rade,
drug dealers, végétariens
mystiques, poètes édentés,
adolescentes tatouées,
anciens rockers, nouveaux
punks. C'est ici, en jeune
tigre affamé, que je planterai
ma tente.

Je n'ai pas envie de faire l'amour. Le sexe est
une affaire d'hiver. Je rêve de dévorer ces corps
blancs laiteux qui se réveillent à peine d'un profond

sommeil nordique. Mon corps, lui, conserve intacte
sa pulsion cannibale qui n'a rien à voir avec la race
mais tout avec l'espèce. Pour que je me retienne
d'enfoncer mes crocs dans les jambes si douces
de cette jeune fille qui vient de passer à vélo,
il a fallu échafauder pendant des millénaires un
système complexe de lois, d'interdictions, de tabous.
Car tout au fond de nous, homme ou femme,
la bête rugit.

D'où sortent tous ces types
qui roulent les mécaniques
dans le quartier latin et que
je n'ai pas vus de tout l'hiver ?
Ils crèchent dans des chambres
fourmillant de bestioles
qui ceinturent la ville, et
ne se montrent jamais
avant d'être sûrs que
le printemps est vraiment là.

On traversait le parc, Nathalie et moi,
quand un de ses anciens amoureux l'aborde. Je suis
allé m'asseoir sur un banc afin de libérer l'espace.
Ils ont discuté un moment en marchant dans les
allées. Je la vois revenir, un quart d'heure plus tard,
avec un sourire espiègle. Qu'est-ce qui te fait sourire
comme ça ? Ce type s'était amusé à me rendre folle
de jalousie le mois dernier. Et alors ? C'est son tour.
Et ça te fait plaisir ? Plus que je n'en espérais.
C'est aussi fort qu'un orgasme, et je comprends
aujourd'hui ce qui l'amusait tant. Je n'ai pas la naïveté

de croire que Nathalie vient de découvrir l'un des
plus vieux plaisirs humains. Elle m'a déjà fait
le même coup avec un autre et c'était moi la victime.

Ce n'est qu'une semaine
après le départ de l'Indien
que j'ai appris par la
secrétaire qu'il s'était
sauvé avec la fille du boss
en emportant
mon chapeau de lune.
Il m'a laissé son couteau.

Dans une décapotable
rouge
avec la fille du boss,
traversant
les Adirondacks.
Sur la route de New York.

Nathalie a rencontré
un musicien brésilien
et ils sont partis là-bas
en tournée. D'après
ce qu'elle m'a dit, ils
vont descendre jusqu'à
Salvador de Bahia.
Nathalie vendra des
fleurs dans les cafés
tandis qu'il jouera des
chansons de Caetano
Veloso. Connaissant

Nathalie elle cherchera
sûrement à croiser
l'original pour lui jouer *La fille d'Ipanema*.

Je parie ma chemise que
Nathalie ne terminera pas
la tournée avec son guitariste
toujours fauché. Le Brésil
est trop vaste et trop vivant
pour cette fille qui déteste
faire deux fois la même chose
avec la même personne. Si
je dis qu'il chante faux, on
croira que je suis jaloux.

J'entends ma voisine
monter l'escalier avec
sa bicyclette. Je sors
et elle me raconte
qu'elle a suivi le canal
jusqu'au bout.

Elle porte
une légère
robe jaune.
Ses mollets
zébrés
de fines éraflures.
Ses cheveux courts
collés
sur sa nuque
en sueur.

On frappe à la porte de ma voisine.
Une voix de femme avec un fort
accent slave. Je laisse passer un
moment avant d'aller coller mon
oreille contre le mur pour écouter
cette galopade accompagnée de
cris étouffés mêlés de longs
gémissements.

Je regarde cette mouche
aux yeux couperosés et
aux ailes translucides
voler dans ma chambre.
Musique obsédante.
C'est avec elle
que je passerai la nuit.

Je croise dans l'escalier,
sans le faire exprès,
ma voisine suivie de
la grande blonde musclée
avec une tête de cheval
qui m'a souri
d'un air complice.

J'ai trouvé dix dollars dans
ce roman de Cendrars que
je n'avais pas ouvert depuis
un moment. Un cadeau de
la grosse femme de la buanderie
qui entend ainsi subventionner

la lecture dans les milieux
défavorisés.

Sur la petite étagère.
Les cinq B
de ma vie de lecteur :
Borges, Bukowski,
Baldwin, Boulgakov
et Bashô.

Je regarde encore la mouche
voler à sa guise. Elle passe de
la chambre à la cuisine. Sort
par la fenêtre pour revenir
comme si elle avait oublié
quelque chose. Semble partout
chez elle. Un tel jouet coûterait
une fortune. Comme elle est
vivante et libre, on ne pense qu'à
la tuer.

Je suis passé
cet après-midi
devant la première
petite chambre
où j'ai vécu
en arrivant ici.
Le même rideau jaune sale.

Je ressens brusquement
une sensation étrange.
Tout le monde dans

cette ville parle créole
et ils ont l'air de bien
me connaître. Quand
une telle chose vous
arrive c'est que
vous êtes dans un
monde parallèle et
qu'il faut prendre une
rapide décision : y rester
ou partir.

J'ai acheté trois pommes,
deux oranges, une livre de
raisin, quelques poires et
un gros melon. Je vis l'été
de fruits, de filles et d'eau
fraîche.

Je viens tout juste de
réaliser que l'herbe sur
laquelle je marche
était il n'y a pas longtemps
sous une couche de neige.
Trois pluies et quelques
journées de chaleur ont
effacé l'hiver de notre
mémoire.

La petite souris,
cette vieille complice
des mauvais jours.
Elle est morte hier soir.

Je l'ai découverte
au pied de la table.

Rien de plus
doux
dans ce monde
qu'un
corps de souris
morte.

La mouche, partie.
La souris, morte.
Je suis donc
le dernier représentant
du règne animal
dans cette petite
chambre crasseuse
mais lumineuse.

Une enveloppe de ma mère.
Je reconnais tout de
suite son écriture ronde,
et cela me fait un choc.
Je me demande comment
cette lettre a pu arriver,
sans timbre, jusqu'ici.
Quelqu'un l'a glissée dans
ma boîte postale.

Je me suis assis
dans l'escalier extérieur
pour lire sa lettre

avec l'excitation d'un soldat
sur le front
qui vient de recevoir
des nouvelles de la base.

On est tous sortis devant
l'usine pour prendre le
lunch, siffler les filles qui
passent, boire de la bière,
encourager ceux qui veulent
se battre, se payer du bon
temps pour pas cher.

Quelqu'un a quand même
rappelé qu'on s'amusait
davantage quand l'Indien
était là. Personne ne sait
où il se trouve maintenant
ni ce qu'il a fait de la fille du
boss. « En tout cas, c'était
quelqu'un », a conclu ce type
en lançant sa bouteille vide
dans la rue.

Je suis assis dans un coin
seul à regarder une colonne
de fourmis qui continuent
à travailler malgré la chaleur,
et sans même prendre
le temps d'avaler
une bouchée de pain.
C'est donc vrai ce qu'on dit

à propos du syndicat
des fourmis.

La vieille femme marche
difficilement
en traînant un gros
sac de provisions.
La radio annonce
quatre-vingt-dix degrés à l'ombre.
À dix centimètres de là
cette fourmi
dont j'ignore l'âge
transporte un morceau
de pain qui fait
cinq fois son poids.

Cette pluie subite
et chaude
est la preuve
que l'été est là.
La vieille femme
arrive
chez elle trempée
jusqu'au os
mais le sourire aux lèvres.

Il est plus difficile de travailler
quand on sait que dehors
il fait un soleil éclatant,
que les filles
sont pratiquement nues
et que la glace se vend

à 90 centimes au coin des rues
Saint-Laurent et Sainte-Catherine.

Les filles au corps rond
et sensuel que je croyais
belles commencent à devenir
moins intéressantes pour
moi tandis que celles que
je trouvais maigrichonnes,
trop blanches,
blêmes même,
attirent aujourd'hui toute
mon attention.

À moins d'un mètre
de moi.
Un long baiser
passionné.
La fille est en minijupe
rouge.
Je passe sans m'arrêter.

Les branches feuillues de
ces érables qui se tiennent
des deux côtés de la rue,
en se touchant de la tête,
me font une haie d'honneur
digne d'un marathonien qui
arrive au stade. C'est ainsi
que la nature salue ceux qui
ont survécu à l'hiver.

La vieille dame assise,
sur son balcon fleuri,
regarde en souriant
sa petite-fille dévaler
l'escalier qui donne sur
la rue pour aller rejoindre
son « chum » dans une
Buick décapotable des
années cinquante qui a passé
l'été au garage.

C'est sur la banquette arrière d'une de ces rutilantes
voitures chromées que les jeunes filles des années
cinquante (comme Hollywood l'a d'ailleurs
immortalisé dans ses romances sucrées) ont connu,
pour la plupart, leur premier orgasme. Elles ont joué
à jouir, m'a dit la concierge qui se souvient que
son « fiancé » avait trop bu, ce soir-là, pour avoir bien
en main la situation. Pour elle, c'était le premier faux
orgasme, et pour lui, la première vraie cuite. Ce n'est
qu'au quatrième essai qu'elle a su pourquoi cette
affaire, le sexe, est encore numéro un au hit-parade
des jeux humains. Et le pouvoir ? je demande.
La concierge a ri. Le pouvoir est, comme l'argent,
un plaisir qui n'arrive qu'à ceux qui le possèdent,
tandis que l'orgasme est à la portée du premier venu.
Oui, mais c'est pas tout le monde qui arrive à jouir.
Bien sûr, et quand il y a panne de désir tout l'or
du monde n'y peut rien. La soirée s'est terminée dans
une cascade de rires, ce qui m'a convaincu qu'on
ne parle jamais assez de sexe avec les femmes âgées,
surtout celles qui ont un air doux de grand-mère.

Le soir tombe.
La concierge se rappelle,
avec un brin de tristesse,
que son fiancé n'avait
jamais entendu parler
des zones érogènes de
la femme. Je lui dis qu'on
n'a pas tant progressé
que ça, car si n'importe
quel type sait bien où ça
se trouve et à quoi ça sert,
il n'a pas pour autant
le goût de jouer à ce jeu.
La vie est devenue si
mécanique et rapide que
tout ça paraît un peu trop
artisanal au goût du jour.

Un dernier tour avant de rentrer me coucher.
La foule, des soirées chaudes, perdue dans des
discussions animées dans les cafés de la rue
Saint-Denis. C'est une musique si différente du
silence du plein hiver. J'ai du mal à croire que ce sont
les mêmes gens que j'ai croisés dans ces mêmes rues
en février, marchant de biais pour éviter autant que
possible le vent froid, et rentrant sans s'arrêter en
chemin dans leurs appartements surchauffés, comme
une armée en déroute où chacun ne pense plus qu'à
sauver sa peau.

Je cherche ma clé et
ne la trouve pas.
Troisième fois que
ça m'arrive en une
semaine.
Il est peut-être temps
d'aller voir ailleurs,
et cela même si la concierge
me traite
comme son petit-fils.

Ce n'est pas dans mes
habitudes de m'attarder
dans un même endroit.

Je commence à regretter
ce temps où je n'avais
ni gîte ni couvert.

Quand tu n'as pas
d'adresse,
c'est toute la ville
qui
t'appartient.

Je passe emprunter son passe-partout à la concierge.
C'est rare que sa porte soit fermée. Un homme, arrivé
dans mon dos, m'apprend qu'elle est partie acheter
des médicaments pour sa sœur et qu'elle ne va pas
tarder à revenir. Je me retourne pour tomber sur le
colonel. Moment de flottement, car je ne l'ai jamais
imaginé ailleurs que derrière sa fenêtre.

L'homme
qui regarde
est devenu
chose vue.

Le colonel revient sur ses pas pour m'inviter à venir
prendre un verre dans sa chambre en attendant
le retour de la concierge. Les gens quittent une vie
de famille à la campagne pour venir en ville « avec
l'espoir d'une vie plus exaltante ». Le colonel a
les yeux qui scintillent en évoquant ses débuts dans
la grande ville. On est content d'être seul au départ
pour se retrouver, à la fin, avec le pharmacien du coin
pour unique ami. Excité par son propre récit,
il enlève la veste mais garde tout de même la cravate.
Il me sert un martini dry. La fenêtre est ouverte sur
un ciel rose auquel il semble sensible.

Il n'est pas colonel,
comme je l'ai cru,
mais a été barman
pendant quarante-cinq ans
dans un hôtel luxueux
du centre-ville
qui vient d'être racheté
par une chaîne américaine.
L'impression d'être dans un
tableau d'Edward Hopper.

Cet éclair de fureur
dans le regard

me dit qu'on va
quitter le thème larmoyant
de la solitude
pour celui plus piquant
du capitalisme sauvage.

Je ne vous apprends rien, j'espère, en vous disant
que l'argent est la seule chose qu'on respecte dans
cette ville. J'ajouterai même dans cette vie. Quand on
pense que c'était pour en arriver là qu'on a fait
tout ce tintamarre, continue-t-il en arpentant la pièce.
De quoi parlez-vous ? D'un geste vague, il me montre
l'espace. Tout ça. Il ne semble plus me voir.
Et dans ce cas,
je me retire, conclut-il, en allant se planter devant
la fenêtre.

Comme dans un tableau dit naïf
de Philomé Obin, un peintre primitif
qui vit dans le nord d'Haïti.
Nous voilà debout.
Lui, à la fenêtre.
Moi, au milieu de cette pièce
sobrement meublée.
Entre nous : un silence si concret
que j'ai envie de le toucher.

J'entends un bruit de porte. La concierge est de
retour, me fait-il avec un mince sourire. Je n'aurai pas
le temps pour un second martini dry. Je descends.
Elle m'accueille avec la même chaleur que d'habitude
mais ne tarde pas à me donner des nouvelles

de sa sœur. Elle allait bien jusqu'à l'année dernière, jamais malade, même pas un mal de tête,
me dit-elle dans un souffle, puis une petite douleur à la poitrine, et depuis ça n'a pas arrêté, on lui a fait tous les examens et les labos sans parvenir à déterminer ce qui cloche, le médecin m'a dit que ce sont des douleurs qui accompagnent la vieillesse. Finalement, elle va me chercher la clé.

En grimpant l'escalier
je me revois dans l'atelier sombre
du vieux peintre.
Philomé Obin me racontant
que ça fait cinquante ans
qu'il peint huit heures par jour.
Il continue à me parler sans cesser
de peindre.
Une dernière touche à son autoportrait.

Le peintre qui ne quitte jamais
son atelier, une petite pièce sans fenêtre.
Ma grand-mère, toujours assise,
sur sa galerie à boire du café.
Et moi, courant sans cesse
comme un rat de laboratoire.

Je regarde la télé en mangeant. Un documentaire sur les orangs-outangs. On raconte que cette Américaine (enfin on n'a pas encore dit sa nationalité, mais je parie ma chemise que c'en est une) est arrivée toute jeune dans cette forêt pour apprendre les mœurs de ces grands singes afin de les protéger de la cupidité

(c'est toujours une affaire d'argent) des hommes. Cela
lui a pris des années, en fait toute sa vie, pour arriver
à gagner leur confiance. La voilà qui raconte à la
caméra avec une folle lueur dans les yeux qu'elle fait
tout cela pour éviter l'extinction de ces « merveilles
de la nature ». Le journaliste lui a demandé si elle en
épouserait un si c'était un être humain. À sa façon
de baisser la tête, on imagine que c'est peut-être déjà
fait. C'est le genre d'émission, où l'être humain est à
son plus haut niveau moral, que Julie adore.

Cet après-midi encore,
un des gars qui travaille
au département de nettoyage
est parti sans même avertir
le comptable. Il a laissé
son adresse à la secrétaire
du boss pour qu'on lui envoie
son dernier chèque plus les 4 %.
Juste assez pour se payer
un ventilateur et remplir
huit fois le réfrigérateur
de bières.

La vie est ailleurs qu'ici, mais
je n'ai pas les moyens
pour aller nulle part,
m'a dit ce type qui lit encore
Kant dans les toilettes.

La police a débarqué
dans l'usine,

en début de soirée,
et a emmené les deux Haïtiens
sans statut légal.
Ils travaillaient au noir et
étaient payés beaucoup
moins que le salaire minimum.
« Mes meilleurs ouvriers »,
a dit le boss en voyant
partir Joseph et Josaphat.

Ils ont dit aux nouvelles
qu'un des Haïtiens s'était
pendu et qu'on craignait
que son frère ne suive
son exemple. Si Josaphat
écoute la télé en ce moment,
il sait ce qu'on attend
de lui.

Le grand maigre
m'a glissé qu'on va devoir
travailler plus fort
pour le même salaire
car on aura à remplacer
Joseph et Josaphat qui,
à eux deux, faisaient
le boulot de dix.

Ce soir, à la télé, un documentaire sur le drame
des immigrés qui vivent dans la peur et se font
exploiter par des patrons sans scrupules.
Un professeur d'université donne son opinion sur

la question. Puis les commentaires assez violents
des leaders communautaires. J'éteins la télé pour
rester un long moment dans le noir. Un homme est
mort.

Toute la nuit
Le vieux de l'étage
a marché sans arrêt.
Il frappait le plancher
avec sa canne,
juste au-dessus
de ma tête.

Cinq heures du matin.
Les sirènes d'une ambulance.
Des bruits de pas dans l'escalier.
J'ouvre la porte.
Ils descendent le vieux.
Le brancardier me fait signe
qu'il n'a aucune chance.

Je suis monté dans
la chambre du vieux
à l'étage.
Tout est en ordre.
Il s'y attendait.

L'album ouvert sur
une vieille photo,
en noir et blanc,
assez floue d'un

enfant jouant
au ballon avec
sa mère dans un
jardin en friche.

Dans la salle de bains
j'ai trouvé son dentier
dans un verre d'eau,
près d'une constellation
de brosses à dents.
Je décide de cacher
ce détail
de la vue de tous
ces curieux qui, je le sais,
chercheront à savoir
comment vivait cet
homme qui a, durant
toute sa vie, gardé
une bonne distance
avec les autres.

Je regarde Julie tourner
au coin de la rue.
Elle vient vers moi
en marchant sur le côté
ensoleillé du trottoir.
Elle a l'air si touchante
dans sa robe bleue.
Il n'y a que dans une
chanson de Billie Holiday
qu'on trouve quelque

chose d'aussi doux
et tragique à la fois.

Julie et moi on se fâche
de temps en temps et
toujours pour la même
raison.
Ce malentendu sur
le sexe.
Elle sait qu'elle peut
revenir
quand elle veut.
Et si un jour elle décide
de ne plus revenir
je ne saurai même pas
où la trouver.
Et c'est bien ainsi.

J'ai connu les quatre saisons.
J'ai connu et la jeune fille
et la femme.
J'ai connu la misère.
J'ai connu aussi la solitude.
Dans une même année.

Si j'étais resté à Port-au-Prince,
je n'aurais pas connu
autre chose
que ma famille, mes amis,
les filles de mon quartier
et, peut-être, la prison.

Quitter son pays pour aller
vivre dans un autre pays
dans cette condition d'infériorité,
c'est-à-dire sans filet
et sans pouvoir retourner
au pays natal,
me paraît la dernière grande
aventure humaine.

Je dois dire qu'on ne mange
pas la même nourriture,
qu'on ne s'habille pas
de la même manière,
qu'on ne danse pas
aux mêmes rythmes,
qu'on n'a pas les mêmes odeurs,
ni les mêmes accents,
et surtout qu'on ne rêve pas
de la même façon,
mais c'est à moi de m'adapter.

Je dois tout dire
dans une langue
qui n'est pas celle
de ma mère.
C'est ça le voyage.

Ce pays, Haïti, comme dit
le poète Georges Castera,
où l'on va
à la mort par routine.

J'ai quitté là-bas mais
je ne suis pas encore d'ici.
« Attendez, jeune homme,
ça fait juste un an », me
dit le vieux clochard du
parc qui m'a appris à
préparer le pigeon au citron.

Sur la table, depuis deux jours,
mon exemplaire tout neuf du
Cahier d'un retour au pays natal
du poète martiniquais
Aimé Césaire.
Je n'ose l'ouvrir, car ce retour
semble si loin, dans ma pensée,
que je le confonds
aisément avec une forme
de mort.

Je ne peux pas dire
quand exactement
cette ville
a cessé d'être,
pour moi,
une ville étrangère.
Peut-être quand
j'ai arrêté
de la regarder.

— T'es arrivé trop tard, Vieux,
me dit l'Africain.
Je te le dis une dernière fois.

Tout est fini ici.
Je m'en vais.

Je suis allé voir le boss,
après le déjeuner,
sur un coup de tête,
et je lui ai dit
que je quitte
à l'instant
pour devenir écrivain.

Sans un mot le
comptable m'a
remis mon dernier
chèque, mais
la secrétaire a rougi
quand j'ai
effleuré sa nuque
en partant.

Dans la vitrine poussiéreuse de
ce magasin sur la rue Mont-Royal.
Une vieille machine à écrire.
La Remington 22.
C'est tout ce dont j'ai besoin
pour le moment.
Je dois me trouver une
chambre en ville où il n'y aura
que le lit, la table de cuisine
et la machine à écrire.
Je n'y amènerai personne.

Je vais donc retourner
au parc traîner,
regarder les filles,
noter mes impressions
et, bien sûr, essayer
d'autres recettes
de pigeon.

Du même auteur :

COMMENT FAIRE L'AMOUR AVEC UN NÈGRE SANS SE FATIGUER,
 Montréal, VLB éditeur, 1985 ; Paris, Belfond, 1989 ;
 Paris, J'ai lu, 1990 ; Paris, Le Serpent à Plumes, 1999 ;
 Montréal, Typo, 2002.
ÉROSHIMA, Montréal, VLB éditeur, 1991 ; Montréal, Typo,
 1998.
L'ODEUR DU CAFÉ, Montréal, VLB éditeur, 1991 ; Montréal,
 Typo, 1999 ; Paris, Le Serpent à Plumes, 2001.
LE GOÛT DES JEUNES FILLES, Montréal, VLB éditeur, 1992 ;
 Paris, Grasset, 2005 ; Paris, Folio, 2007.
CETTE GRENADE DANS LA MAIN DU JEUNE NÈGRE EST-ELLE
 UNE ARME OU UN FRUIT ?, Montréal, VLB éditeur, 1993
 (épuisé) ; Montréal, Typo, 2000 (épuisé) ; nouvelle édi-
 tion revue par l'auteur, Montréal, VLB éditeur, 2002 ;
 Paris, Le Serpent à Plumes, 2002.
CHRONIQUE DE LA DÉRIVE DOUCE, Montréal, VLB éditeur,
 1994.
PAYS SANS CHAPEAU, Montréal, Lanctôt éditeur, 1996 ; Mon-
 tréal, Québec Loisirs, 1997 ; Paris, Le Serpent à Plumes,
 1999 ; Montréal, Lanctôt éditeur, 1999 ; Montréal,
 Boréal, 2006.
LA CHAIR DU MAÎTRE, Montréal, Lanctôt éditeur, 1997 ; Paris,
 Le Serpent à Plumes, 2000.

LE CHARME DES APRÈS-MIDI SANS FIN, Montréal, Lanctôt éditeur, 1997 ; Paris, Le Serpent à Plumes, 1998.

J'ÉCRIS COMME JE VIS. *Entretiens avec Bernard Magnier*, Montréal, Lanctôt éditeur, 2000 ; Paris, Éditions La passe du vent, 2000.

LE CRI DES OISEAUX FOUS, Montréal, Lanctôt éditeur, 2000 ; Paris, Le Serpent à Plumes, 2000.

JE SUIS FATIGUÉ, Montréal, Lanctôt éditeur, 2001 ; Paris, Initiales, 2001 ; Port-au-Prince, Mémoire d'encrier, 2001.

COMMENT CONQUÉRIR L'AMÉRIQUE EN UNE NUIT, *scénario*, Montréal, Lanctôt éditeur, 2004.

LES ANNÉES 80 DANS MA VIEILLE FORD, Montréal, Mémoire d'encrier, 2004.

JE SUIS FOU DE VAVA, collection Jeunesse, Montréal, Éditions de la Bagnole, 2006.

VERS LE SUD, Paris, Grasset, 2006 ; Montréal, Boréal, 2007.

JE SUIS UN ÉCRIVAIN JAPONAIS, Paris, Grasset, 2008 ; Montréal, Boréal, 2008 ; collection Boréal Compact, 2009.

LA FÊTE DES MORTS, collection Jeunesse, Montréal, Éditions de la Bagnole, 2009.

L'ÉNIGME DU RETOUR, Paris, Grasset, 2009 ; Montréal, Boréal, 2009 ; collection Boréal Compact, 2010.

TOUT BOUGE AUTOUR DE MOI, Montréal, Mémoire d'encrier, 2010 ; Paris, Grasset, 2011.

L'ART PRESQUE PERDU DE NE RIEN FAIRE, Boréal, collection Boréal Compact, 2011 ; Paris, Grasset, 2014.

J'ÉCRIS COMME JE VIS, Boréal, collection Boréal Compact, 2010.

LE CRI DES OISEAUX, Boréal, collection Boréal Compact, 2010.

JOURNAL D'UN ÉCRIVAIN EN PYJAMA, Grasset, 2013.

LE BAISER MAUVE DE VAVA, collection Jeunesse, Montréal, Éditions de la Bagnole, 2014.

DANY LAFERRIÈRE À L'ACADÉMIE FRANÇAISE : DISCOURS DE RÉCEPTION, Montréal, Boréal, 2015.

TOUT CE QU'ON NE TE DIRA PAS, Mongo, Montréal, Mémoire d'écrivain, 2015.

MYTHOLOGIES AMÉRICAINES : ROMANS, Paris, Grasset, 2016.

AUTOPORTRAIT DE PARIS AVEC CHAT, Paris, Grasset, 2018.

Le Livre de Poche s'engage pour
l'environnement en réduisant
l'empreinte carbone de ses livres.
Celle de cet exemplaire est de :
350 g éq. CO_2
Rendez-vous sur
www.livredepoche-durable.fr

PAPIER À BASE DE
FIBRES CERTIFIÉES

Composition réalisée par INOVCOM

Achevé d'imprimer en France par
CPI BUSSIÈRE (18200 Saint-Amand-Montrond)
en février 2020
N° d'impression : 2049277
Dépôt légal 1re publication : juillet 2014
Édition 06 - février 2020
LIBRAIRIE GÉNÉRALE FRANÇAISE
21, rue du Montparnasse – 75298 Paris Cedex 06

31/7343/2